# Resta 1

RENATO GOUVEIA

A meus pais, que sempre me apoiaram
em todos os cursos e coisas
que tive vontade de fazer.

# CONTEÚDO

# 1 - O FIM E O INÍCIO

Ela massageava a barriga, sentindo o bebê, mas estava extremamente triste. E também preocupada como nunca esteve antes, ou até mesmo em pânico, morrendo de medo de que o que aconteceu em sua primeira gestação se repetisse: um natimorto. Nove meses de espera, fraldas compradas, o quarto todo preparado com um berço para, na última hora, tudo desmoronar. O pré-natal não apontava nenhum problema, mas, na hora do nascimento, a criança morreu 3 minutos depois. 180 segundos de vida. Um sopro de vida que não apagaria nenhuma vela, mas que causou um trauma gigantesco para os seus pais. O bebê morreu por causa de complicações da placenta, ou do cordão umbilical. Algo assim, a mãe não sabe direito. Depois da notícia que o bebê estava morto, tudo virou um borrão.

Se existe depressão pós-parto, certamente deveria existir depressão pré-parto. A TV passava algum programa idiota de meio de tarde, o ar estava abafado, o ventilador fazia um barulho irritante e as pernas grudavam uma na outra. Tudo parecia um incômodo, além da angústia. O bebê ia nascer a qualquer dia. A mãe só pensava no que daria errado desta vez. O pai não estava em casa, tinha saído para fazer compras.

A tristeza é algo que se potencializa quando se está sozinho, mas, às vezes, estar sozinho é necessário. Isso porque, quando estamos tristes e em volta de muitas pessoas, temos que gastar energia para fingir que está tudo bem, manter a compostura, não podemos viver a tristeza em sua plenitude. E a grávida estava vivendo sua tristeza de forma completa, só que com culpa. Culpa por não estar bem para receber seu bebê que estava prestes a nascer. Culpa por se sentir tão fraca emocionalmente. E também estava muito cansada. Foi deitar-se cedo, antes do marido chegar e logo caiu no sono.

Dormiu profundamente e acordou no dia seguinte com uma bandeja de café da manhã trazida pelo seu marido. Ele estava muito preocupado com sua mulher e o bebê. Levar o café da manhã para a cama tornou-se um hábito. A grávida não achava ruim, gostava de ser mimada. Porém, sentia que às vezes sua gravidez era tratada como uma doença pelo seu marido. Não só por ele, mas por diversas pessoas ao seu redor. Não é que as pessoas tivessem essa má intenção, mas muitas pessoas ficariam surpresas com o que uma mulher grávida é capaz, tanto emocionalmente quanto fisicamente falando. Ela não estava bem, mas não era por causa da gravidez em si, e, sim, por causa de uma experiência muito ruim que, por acaso, tinha a ver com estar grávida. Eu entendo que a gravidez possa ser vista como algo com certa dualidade. Isso porque algumas desejam muito engravidar, enquanto outras temem que isso aconteça. Uma dádiva para algumas, uma maldição para outras. Um divisor de águas, um grande acontecimento, mas, ainda assim, algo extremamente comum. Afinal, cada um de nós representa uma gestação.

Levantou-se, foi tomar banho. No fim da gestação, a barriga passava a ser um incômodo. Olhou-se pelada no espelho e acariciou aquela bola enorme. Tinha dias em que achava seu corpo nu poético daquela forma, em outros, sentia-se ridícula, como alguém que havia engolido uma melancia inteira de uma só vez. Abriu o chuveiro que ainda estava frio, mas sentiu uma água morna indo direto para suas pernas. Era outra água, era da sua bolsa que havia acabado de estourar. Gritou o nome do marido, enrolou-se na toalha e secou o pouco do seu corpo que havia se molhado. Fez um esforço para afastar as lembranças que vieram de quando ela passou por isso pela primeira vez e seu filho acabou sendo um natimorto. Desta vez, seria diferente. Apesar da tristeza, havia sido uma gestação perfeita.

O trânsito estava fluído, mas parecia que chegar ao hospital estava levando uma eternidade. Ela sentia algumas contrações, mas não sentia dor. Para falar a verdade, como um escritor homem, não seria verdadeiro da minha parte com o leitor, e principalmente com a leitora, eu descrever o que uma mulher sente ou deixa de sentir em seu corpo num momento desses. Talvez seja mais sincero descrever seu estado emocional. Pois bem, a grávida, de repente, deixou de sentir a ansiedade em chegar logo ao hospital. Começou a reparar em detalhes do percurso. Reparou que havia uma espécie de organização para refugiados no caminho, o que era, de certa forma, curioso, já que ela já havia passado por aquele trajeto inúmeras vezes e nunca tinha reparado nesse lugar. Engraçado como há coisas que nunca vemos a não ser que paremos por um momento para, de fato, observar. Perdida em pensamentos soltos, a grávida sentiu que as coisas a seguir foram acontecendo alheias às suas percepções.

Ela desceu do carro e teve a impressão de que um segundo depois estava em uma cama, com um médico dizendo coisas a seu marido. Algo sobre dilatação, parto natural e um processo surpreendentemente rápido. Seu marido segurou sua mão e parecia que esse toque a fez despertar de seu estupor. O parto estava acontecendo, ela devia fazer força, mas sua primeira reação foi chorar. A memória da perda de seu primeiro filho em 180 segundos veio à tona. Viver uma situação parecida com a de um trauma traz tudo de volta. Todo o desespero que ela estava tentando esconder no canto mais profundo de sua cabeça chegou à superfície.

Médico e marido pararam por um momento, sem saber direito o que fazer. Aguardaram e viram o choro se transformar em força, quase raiva até. A grávida estava prestes a deixar de ser grávida e passar a ser mãe. O marido estava prestes a deixar de ser só marido e ser pai. Bem, o médico continuaria sendo um médico, apenas com um parto a mais em sua carreira. Entretanto, estar prestes não é de fato ser algo. E nenhum dos três se tornaria o que supostamente estavam prestes a ser.

O médico pedia para que ela fizesse só mais um pouco de força, a cabeça estava quase toda para fora, o bebê estava prestes a ser totalmente puxado, ter seu cordão umbilical cortado, viver por aproximadamente 80 anos e morrer por um infarto fulminante. Mas, como eu disse antes, estar prestes aqui não significa nada.

A dor cessou de repente, a ex-grávida não sentia nada. O médico havia parado de pedir para que ela fizesse mais força. Ele levantou seu rosto das pernas da mulher, encarou-a diretamente nos olhos com uma expressão de puro espanto e confusão. Olhou para o homem que estava prestes a ser pai por um momento e voltou-se para a mulher que estava prestes a ser mãe. Como quem não acreditava nas próprias palavras, disse: "o bebê sumiu."

# 2 - O GRANDE DESAPARECIMENTO

É claro que o acontecido repercutiu em todos os jornais do mundo. Não, não estou falando do caso do bebê que sumiu no meio do parto. Bem, na verdade estou falando dele e de todos os outros desaparecimentos. Todos os menores de dezoito anos desapareceram do mundo. Estavam lá e, um milésimo de segundo depois, não estavam mais. Na verdade, em menos que um milésimo de segundo, pois, se é possível dividir um segundo em mil, também é possível dividir um milésimo em mil. Ou até mesmo em um milhão, ou em quanto você quiser, infinitamente. O que causa um grande estranhamento, já que nosso cérebro não foi feito para lidar com a ideia de infinito. Porém, de alguma forma, pensar no infinito no macro parece mais fácil do que no micro. Pense comigo: pensar que existe uma infinidade de estrelas no universo é mais fácil do que pensar que dentro de um segundo há uma infinidade de momentos. O que me deixa ainda mais intrigado é pensar qual desses infinitos micro-momentos é registrado quando uma foto é tirada.

Creio que achei uma medida de tempo para descrever o quão repentino foi o desaparecimento de todos os menores de 18 anos: o micro-momento de uma fotografia.

Naturalmente, esse mistério passou a ser o único assunto em todos os lugares do mundo. O jornalismo abordou o tema das mais diversas formas. Por isso, a seguir, vou descrever algumas reportagens e entrevistas feitas sobre o assunto.

Numa loja de brinquedos, a repórter entrevista a gerente:

"Boa tarde a todos! Estamos aqui em uma das maiores lojas do ramo de brinquedos. A gerente reservou um tempinho para bater um papo aqui com a gente." A repórter abre um sorriso e vira-se para a gerente. "E como anda o movimento daqui desde o grande sumiço?"

"Olha, para ser sincera, anda menos pior do que eu imaginava. Ainda há muitos jovens adultos que compram *action figures* para as suas coleções. E alguns pais chorosos entram aqui e compram brinquedos para crianças fantasmas."

"Que alívio para o seu negócio, não é mesmo?"

"Sim! Achei que teria que mudar de ramo, mas parece que não será necessário. Inclusive, um dos itens aqui da loja tem vendido bastante."

"Qual item?"

"Bonecos de bebês. As mães sentem falta dos filhos e compram bonecos aqui para tentar suprir essa ausência. A maioria diz sentir falta do barulho, do choro das crianças, então aumentei o preço dos bonecos que choram, já que a procura está bem maior!"

"Que ótima notícia! Então esse ramo está conseguindo sobreviver em meio a esta crise. Vou brincar um pouco aqui na loja, enquanto isso, voltamos aos estúdios."

"Obrigado pela matéria, desejamos sorte a essa vendedora! E agora, a próxima matéria vai fugir um pouco do que vocês costumam ver em um telejornal: desenhos animados! Este setor também está tendo que flexibilizar sua programação para sobreviver. Confira a matéria a seguir."

A TV exibe um VT com trechos de diversos desenhos animados atuais. Uma voz bem-humorada explica como esses desenhos estão sendo substituídos por desenhos mais antigos na programação. Em seguida, o dono de uma emissora de desenhos animados aparece na reportagem.

"Nosso plano é encantar o público pela nostalgia. Como não há mais crianças no mundo, para nós passou a fazer mais sentido exibir desenhos das gerações passadas. Isso tem ajudado a melhorar um pouco a nossa audiência, mas, hoje em dia, acho que o encanto não é mais o mesmo para os adultos ao assistirem esses desenhos da época em que eram crianças. Estamos pensando em comprar os direitos de desenhos de conteúdo adulto para ver se conseguimos sobreviver a esta crise."

"Muito obrigado pela matéria!", o jornalista na bancada sorri com uma simpatia forçada antes de trocar para uma expressão mais séria. "O próximo tópico é sobre outro setor afetado pelo sumiço dos menores de dezoito anos do mundo: educação. Com o fechamento de diversas escolas, o governo vem pensando estratégias para lidar com esta crise. Conversaremos agora com o ministro da educação que veio diretamente para nossos estúdios."

Um homem entra e senta-se numa cadeira mais na beirada da bancada. Ele parece não saber direito para que câmera olhar e, apesar de estar maquiado, as olheiras de cansaço de noites mal dormidas ainda estão aparentes.

"Nossa emissora agradece muito a sua presença aqui. Ministro, o que a população quer saber é: como serão as escolas a partir de agora?"

O ministro começa a falar olhando para a câmera errada, é corrigido com um aceno do apresentador e recomeça o que estava dizendo, um pouco atrapalhado.

"O-o-o governo está incentivando... é... incentivando programas alternativos nos espaços escolares. Como não há mais crianças e ninguém faz ideia de como isso aconteceu, ficamos em estado de choque por um período, mas, a partir da semana que vem, abriremos cursos gratuitos de música, idiomas, matemática, história e diversas outras disciplinas para qualquer interessado que já tenha saído da escola. Ou seja, adultos."

"E como anda a adesão a esses cursos?"

"Por enquanto, não muito alta. Talvez com a divulgação de agora, de eu estar aqui falando sobre isso, aumente."

"E os adultos que não chegaram a se formar na escola, poderão buscar alguma oportunidade agora?"

"Claro, claro. Sabemos da deficiência ou da falta de ensino que alguns adultos sofreram. Por isso, decidimos abrir cursos de alfabetização para adultos nos espaços escolares. Essa é outra forma de incentivar que as escolas não fechem, além de ser uma oportunidade de corrigir uma falha na educação na vida desses adultos."

"Caso esse inexplicável sumiço chegue ao fim, vocês têm algum plano para realocar as crianças?"

"Se as crianças voltarem, a princípio, esses cursos serão cortados e vamos priorizar os menores com idade escolar. Porém, já estamos elaborando estratégias para conciliar esses dois ensinos. A escola regular poderia ficar no horário da manhã e da tarde, como sempre foi, e deixaríamos os adultos com os horários noturnos."

"Nessa crise toda, como anda o dinheiro investido pelo governo para a educação?"

"Eu estaria mentindo para vocês se dissesse que o investimento vem sendo o mesmo. Vários professores perderam o emprego, alguns buscaram atuar em outra área, já que gostavam mesmo era de dar aula para crianças e adolescentes e não se sentiam prontos para ensinar outros adultos. Enfim, temos que admitir que esta é a maior crise que a educação já sofreu. Estamos em um estado de calamidade e não há culpados nisso tudo. Por enquanto, acreditamos que estamos tomando as medidas cabíveis."

"Senhor ministro, muito obrigado pela sua presença e pelo seu trabalho com a nação neste momento tão delicado."

O ministro da educação cumprimentou o jornalista e levantou-se parecendo mais confiante do que quando entrou.

O jornalista olha para frente com uma expressão séria e diz para a câmera:

"Economia: especialistas da previdência indicam que, caso a população jovem não seja renovada nos próximos dez anos, haverá uma grande crise. O estudo aponta apenas soluções temporárias, como o aumento dos anos de contribuição e o desvio do capital investido em programas para crianças para outras áreas."

Estando os leitores cientes dessa situação previdenciária, devo contar que esse assunto foi debatido em um desses programas em que vários homens brancos sentam-se em roda e expõem os seus pontos de vista. Algumas mulheres também estavam presentes, mas a etnia era algo que não variava muito. Talvez você ache que essa informação não venha ao caso, mas, como escritor, é meu dever descrever as pessoas e personagens que aparecem em minhas histórias.

Vou resumir como foi esse debate específico porque acompanhar um debate na íntegra pode ser muito desgastante. Mais desgastante ainda é participar de um debate. Primeiro, porque temos que ser educados e não xingarmos o outro que, na nossa opinião, está sendo um completo idiota. Em segundo lugar, debates na TV dão um tempo muito limitado para que cada um possa desenvolver os seus argumentos. Em terceiro lugar, sua linha de raciocínio pode ser quebrada pelos comerciais.

Alguns dos presentes no debate estavam muito preocupados com a economia. Como seria quando muitas pessoas se aposentassem e não houvesse uma renovação da força de trabalho? Uma mulher disse que não havia necessidade de se preocupar com isso agora. E mesmo que isso se tornasse uma preocupação daqui a alguns anos, se eles fossem mesmo os últimos humanos do mundo, a economia seria umas das últimas preocupações.

Um homem bigodudo levantou a ideia de "e se as pessoas voltarem a ter filhos daqui a uns 10 anos ou mais?". Ele acreditava que teria um rombo nas contribuições e que ações deveriam ser tomadas agora para minimizar esse problema mais pra frente. Um médico e uma médica entraram na discussão nesse momento. Ambos diziam que exames haviam sido feitos em diversas mulheres de diversas etnias e classes sociais. A conclusão era de que havia um número esperado de mulheres que eram estéreis, as outras, aparentemente, estavam biologicamente capazes de gerar uma criança. Uma pesquisa equivalente foi feita com os homens também e a conclusão foi a mesma: o número de estéreis não passou do esperado. Ou seja, a ciência não era capaz de explicar o fenômeno mundial. Isso sem falar no desaparecimento de todos os menores de dezoito anos ao mesmo tempo no mundo todo.

Sinto que não venho explicando direito ao leitor o que de fato está acontecendo, mas não fiquem zangados comigo. Se eu não expliquei direito é porque também não há boas explicações mesmo, mas vou tentar ser mais claro com o que já se sabe.

Como eu já contei, todos os menores de 18 anos desapareceram do planeta. E isso inclui os que estavam ainda na barriga da mãe. Todas as grávidas sofreram abortos espontâneos, algumas chegaram a morrer junto com o filho que carregavam dentro de si, lamento dizer. E a partir daí, ninguém mais no mundo conseguiu engravidar. A fonte esgotou-se, assim, sem mais nem menos. Talvez o leitor ou a leitora tenham ficado confusos com o exemplo do bebê do primeiro capítulo que desapareceu bem no momento em que nascia. Pois, agora, esclareço que esse desaparecimento é um infortúnio que acometeu aos que estavam quietinhos dentro de suas respectivas mães também.

Outro ponto que sinto que devo explicar melhor é o horário do desaparecimento. Bem, como aconteceu ao mesmo tempo no mundo inteiro, há diversos horários e situações. Alguns desapareceram no café da manhã, outros durante o jantar, alguns estavam dormindo, tomando banho e usando o toalete. Outros estavam estudando, rezando, brincando...

Qualquer um nota a gravidade e a complexidade da situação. Não há explicações lógicas. Por isso, tomo a liberdade de não descrever mais como foi o debate. Não há muito o que se debater quando há tão poucas respostas disponíveis.

Obviamente, uma infinidade de matérias saiu nos jornais sobre o grande desaparecimento. Quando algo assim acontece, é muito difícil mudar de assunto. Mas seria muito enfadonho mostrar tudo o que o jornalismo produziu em relação a este assunto. Este seria um capítulo praticamente infinito, por isso, acho relevante mostrar só uma última notícia:

Depois de uma matéria mais descontraída, a jornalista vira-se para a câmera que está bem na sua frente. Um sorriso reminiscente da matéria anterior vai murchando e ela começa a falar:

"Guerra: extremistas do outro lado do mundo ameaçam ataques terroristas mais cruéis do que os habituais. Segundo um chefe de um dos grupos, abre aspas, "Não há mais razão para haver qualquer tipo de misericórdia, já que não há mais crianças no mundo", fecha aspas.

Boa noite."

# 3 - FALTAS E AUSÊNCIA

A rua estava mais vazia que de costume. Era estranho passar pelo parquinho da praça e não ver nenhuma criança. Ninguém mais pedia para devolver uma bola que havia caído no quintal. Não ver crianças pedindo dinheiro ou vendendo bala enquanto os carros estavam parados aguardando o verde do semáforo, pelo menos, era um alívio. Mas, na verdade, não era. As crianças não estavam mais lá não porque os pais deixaram de explorá-las, ou porque suas situações haviam melhorado. Elas não estavam mais lá porque haviam sumido.

Tudo isso se passava na cabeça da professora enquanto ela ia para a escola de carro. Não teria aula, mas ela havia marcado uma reunião com a diretora. A professora pensava em como era injusto que alguém como aquela mulher havia se tornado diretora. Ela tratava a escola como um negócio, não tinha postura nenhuma de educadora. A professora sempre amou o próprio trabalho, tinha se encontrado. É claro que havia dias difíceis, mas era muito bom sentir que tinha um grande propósito dando aulas para crianças e adolescentes. Porém, depois do fatídico dia do grande desaparecimento, esse propósito caiu num vazio repentino.

A professora nunca se esqueceria desse dia. Aconteceu enquanto ela estava dando aula. Era um dia abafado, os ventiladores da sala de aula estavam ligados. Julio, Caio e Ricardo jogavam aviõezinhos de papel nos ventiladores, alguns alunos riam, outros soltavam resmungos quando um aviãozinho caía em cima deles. Talita era uma menina de 8 anos que estava resfriada e travava uma briga com os outros sobre os ventiladores. Ela queria desligá-los, os demais alunos estavam com calor e queriam mantê-los ligados. A professora, no meio de uma explicação sobre a fotossíntese, conseguiu resolver o dilema mudando a Talita de lugar para um canto da sala onde o vento do ventilador não alcançava direito. Detalhes bobos de um dia comum em sala de aula, mas que ficaram na memória da professora como o último contato dela com crianças. Depois da Talita trocar de lugar, a professora virou-se para a lousa e terminou de escrever o parágrafo em que estava sobre os quatro grupos de plantas. Silêncio. De repente ela só escutava o som dos ventiladores. As risadas tinham sumido, as conversas naturais que ocorriam enquanto ela escrevia na lousa cessaram também. Ela voltou-se para a sala de aula e não havia mais nenhuma criança. Num momento de confusão, olhou para debaixo das carteiras e se sentiu estúpida. Foi até a porta da sala de aula e deu uma espiada no corredor. Nenhum sinal, nem o som de uma passada apressada de alguma criança tentando se esconder. Não fazia sentido, era impossível que trinta alunos conseguissem sair da sala de aula de uma forma tão repentina e sem deixar vestígios.

Fora da sala de aula, a professora passou em frente a outras salas e encontrou outros professores com cara de ponto de interrogação. Aproximando-se da professora de artes, não precisou dizer nada, pois seu rosto já fazia a pergunta.

"Todos sumiram! Aconteceu na sua sala também? Eu estava prestes a entregar a argila para um dos alunos quando ele e todos os outros desapareceram!"

"Como assim, desapareceram assim do nada? Eu estava de costas para os meus, achei por um momento que poderia ser alguma coisa que eles estavam aprontando, apesar de ser bem improvável", respondeu a professora enquanto trocava olhares com outros professores que avistava no corredor. Todos estavam igualmente confusos.

"Sim, foi do nada! Nenhum barulho, nem uma fumaça... foi como piscar e pronto, eles não estavam mais lá!"

Os alto-falantes da escola anunciaram com a voz da diretora: "Todos os professores, por favor, encaminhem-se para a sala de reuniões o mais breve possível."

A professora, antes de ir para a sala de reuniões, foi pegar suas coisas na sala em que estava. Logo que entrou, notou um aviãozinho no chão. Observou os pertences das crianças nas carteiras: mochilas, lancheiras, estojos, lápis, canetas e um desenho que não estava inteiramente pintado de uma gimnosperma logo na carteira da frente. A lousa estava quase cheia, faltava só colocar a definição de um dos grupos de plantas. Em cima da sua mesa, o diário de classe estava aberto naquele fatídico dia. Era seu costume fazer a chamada no fim da aula. A professora pegou uma caneta vermelha em seu estojo e, sem entender direito por que estava fazendo o que estava fazendo, colocou falta para todos os alunos. Guardou o diário de classe e seu estojo na bolsa, caminhou até os interruptores de luz e do ventilador. Deu uma última olhada para a sala e desligou tudo.

A lembrança desse dia passou em sua mente enquanto a professora estava no carro. Sentiu-se vazia. Fez tantas vezes o percurso de sua casa até a escola que dirigia automaticamente. O semáforo ficou vermelho e, por alguns segundos, ela parecia não acreditar no que estava vendo: uma criança atravessando a rua. Mas não era uma criança, era um anão. A professora riu, mas foi um riso que logo murchou. Tornou-se um riso triste e culpado. Não tinha graça nenhuma e ela se sentiu idiota por isso.

Sua mente voltou para o dia do grande desaparecimento. Na sala de reuniões, um silêncio anormal se instaurou. Geralmente, pelo menos, era possível ouvir as crianças do jardim da infância brincando no andar debaixo. Quando todos os professores chegaram, a diretora fechou a porta e aumentou o volume da TV que, geralmente, servia para apresentar slides relacionados a assuntos escolares, mas, desta vez, estava ligada no noticiário.

"Agora de tarde, às 17h do horário local, um misterioso fenômeno aconteceu no mundo todo. Todas as crianças e jovens desapareceram. Pelo o que foi apurado até agora, todos os menores de dezoito anos foram afetados. O caos que..."

A diretora mudou de canal e o assunto era o mesmo:

"... um acidente de carro aconteceu porque um menor de 15 anos, obviamente sem carta, dirigia o carro do pai. Depois de desaparecer, o carro sem motorista atingiu um motoqueiro que..."

Outra mudança de canal, uma mulher gritava:

"ISSO É UMA LOUCURA, MEU FILHINHO, DE APENAS UM ANO! DEMOREI MUITO PARA CONSEGUIR ENGRAVIDAR, COMO DEUS PODE PERMITIR QUE..."

A diretora desligou a TV, sentou-se, soltou um suspiro e anunciou:

"A escola fechará."

Todos os professores ficaram sem reação. Nada fazia sentido. Há apenas quarenta minutos, estavam dando aula com as crianças e os jovens em sala de aula e agora isso. O noticiário não explicava nada. A diretora foi direta demais, tomara uma decisão em poucos minutos. E se as crianças voltassem? E se aquilo fosse como um daqueles blecautes que, depois que você acende todas as velas da casa, a luz volta?

Com o absurdo do caso, mas com a evidência irrefutável do grande desaparecimento, não havia muito o que falar naquela reunião. Todos perderiam o emprego, tinham que ir atrás de alguma outra carreira. A professora, com o impacto do ocorrido, não soube o que dizer na hora. Voltou para casa ainda sem acreditar no dia louco que havia vivido, mas acabou tendo uma ideia. Uma ideia que poderia salvar a escola. Ligou imediatamente para a diretora. Deu ocupado. Depois de algumas tentativas mais tarde, finalmente conseguiu entrar em contato. A diretora atendeu com uma voz exausta. Disse algo sobre as diversas ligações que tinha recebido, burocracias que teria que resolver junto com seu marido (que era dono da escola). A professora disse que queria conversar pessoalmente com ela, o mais breve possível. Depois de insistir um pouco que não era o tipo de conversa que deveriam ter apenas por telefone, a diretora marcou um horário com ela na semana seguinte na escola para conversarem, seja lá o que fosse.

E é para essa reunião particular que a professora estava a caminho neste momento. Avistou a escola. Era estranho não ter nenhum ônibus escolar na entrada e não haver movimento algum. Deu a seta, entrou no estacionamento dos professores e lá estavam os ônibus escolares estacionados, sem utilidade.

Como tinha chegado cedo, queria passear pela escola antes de se reunir com a diretora. Era uma forma de se despedir de tudo caso sua proposta não fosse aceita. Uma escola vazia era quase mórbida. São nesses momentos que percebemos que alguns lugares só são esses lugares por causa da energia das pessoas que os frequentam. A professora entrou na quadra esportiva, um silêncio sepulcral. Uma bola a atingiu nas costas, quase morreu do coração. Era o professor de educação física. Um homem nos seus quarenta e poucos anos, menos atlético do que se espera de um professor de educação física, mas muito simpático e brincalhão, até demais.

"Te queimei!"

"Ah, oi! O que está fazendo aqui?"

"Posso te fazer essa mesma pergunta. Além disso, sou o professor de educação física, faz mais sentido eu estar aqui."

"Tenho uma reunião marcada com a diretora, e você?"

"Bem, ela me pediu para vir hoje desmontar algumas coisas aqui. As cestas de basquete, levar as bolas de futebol, vôlei, etc e tal para algum outro lugar que eu possa usar."

"Outro lugar? Ela está desistindo mesmo da escola então?"

"Parece que sim."

Notando a tristeza da professora, acrescentou:

"Olha, eu também estou triste e confuso com tudo isso. Mas temos que seguir a vida. Trabalho também numa academia, você deveria procurar outra forma de usar seu conhecimento. Sorte que minha filha tem 20 anos e não foi afetada, mas não consigo imaginar como os pais de todos esses alunos estão se sentindo."

"Talvez você esteja certo. Talvez eu deva seguir em frente, mas preciso tentar convencer a diretora a não fechar a escola. Não me sentiria uma educadora digna se não tentasse."

Despediu-se do professor de educação física sentindo-se menos esperançosa. A escola já estava sendo desmontada. Quando foi para a sua sala de aula, comprovou mais ainda isso. Não havia mais as carteiras. A sala estava espaçosa demais, mas ainda com alguns desenhos de alunos nos quadros. A professora espiou em outras salas. Algumas ainda estavam com as carteiras, outras não tinham nem mais armários. Olhou para o relógio e viu que faltavam apenas cinco minutos para a reunião com a diretora. Suspirou fundo e seguiu para a sala de reuniões.

Ao chegar à sala de reuniões, a porta já estava aberta. A diretora estava sentada com as pernas cruzadas, com a bolsa aberta em cima da mesa e distraída ao celular, numa postura de quem não estava disposta a ficar muito tempo lá. Demorou um tempo para que ela notasse que a professora havia chegado. Quando percebeu, abriu um sorriso solidário, mas que a professora conhecia muito bem e sabia que havia uma falsidade ali.

"Ah, querida! Fiquei preocupada com você, percebi o quão abatida você ficou no dia do grande desaparecimento." Enquanto falava, levantou-se e foi até a professora para abraçá-la. Durante o abraço, continuou. "Imagino que queira saber todos os detalhes sobre seu seguro-desemprego."

"Não, na verdade eu queria..."

O celular da diretora começou a tocar, com um aceno para a professora disse:

"Um momento, querida. Alô, meu bem? Sim, já estou providenciando isso, dei uma olhada nas salas de aula e boa parte já está vazia (...) Semana que vem? Não, amor, não vai dar tempo, me dê duas semanas, essa escola é enorme! (...) Tá bem, não vou demorar muito aqui, me ligue quando chegar. Beijos!"

A professora percebeu que não adiantava dar muitos rodeios, era melhor logo entrar no assunto porque ela tinha pouco tempo.

"Senhora diretora, eu acredito que nossa escola deve ser mantida aberta."

"Senhora só no céu, meu amor. E "nossa escola"? Não sabia que você era minha sócia. Sei que você está muito chateada com o fechamento da escola, mas não cabe a você decidir."

"Digo "nossa escola" porque a escola deveria ser de todos, *senhora*."

"Ah, querida, você está ouvindo o que diz? Você era uma professora de primário. Como vai dar aulas sem crianças? Me desculpe, reservei esse tempinho para você, mas não imaginava que você viesse com essa ideia."

"Mas eu não disse que quero continuar dando aula para crianças. Eu sei que é impossível. Me escute: por que não dar aulas para adultos analfabetos?"

"Uma coisa é ensinar crianças, outra é ensinar adultos ignorantes. Além disso, a demanda não é tão grande assim. Muitas outras escolas estão fechando."

"Me desculpe, mas a senhora que está sendo ignorante."

"Não me chame de senhora", disse a diretora em um tom calmo, mas, ao mesmo tempo, ameaçador.

"O que vai acontecer com a escola então?"

"Bem, como eu estava falando com meu marido no telefone, estamos esvaziando a escola para que ela seja demolida. Ou, até mesmo, seja reaproveitada com a estrutura que já tem. Vai virar uma fábrica, um motel, sei lá. O terreno foi herdado pelo meu marido, decidimos construir uma escola porque é algo que dava muito dinheiro, mas também deu muita dor de cabeça. Então, talvez esse grande desaparecimento tenha sido uma boa deixa para que esse lugar não exista mais também."

A professora conhecia a diretora há uns cinco anos, sabia que era uma mulher rica. Percebia que ela não gostava muito do próprio trabalho, mas como seu marido era dono da escola, não era cobrada para exercer um trabalho de muita qualidade. Muitas vezes ela chegava na hora que bem entendesse ao trabalho. Era triste constatar o quanto aquela escola só significa dinheiro para aquela mulher. Era frustrante perceber que, como professora, ela estava sozinha em seu propósito de educar. Para ela, não importava que fossem crianças ou adultos. Percebeu que não adiantaria continuar argumentando.

"Eu entendo. Este lugar já não parece mais uma escola sem as crianças mesmo."

"Não temos futuro, querida. Nenhuma criança está nascendo, não faz mais sentido manter isso aqui aberto."

"Eu gostaria de pedir só uma coisa: quero que a última reunião de pais aconteça. Acho que será importante e respeitoso com os pais dos meus alunos que sumiram."

A diretora abriu seu sorriso afetado, em sua melhor tentativa de parecer compassiva.

"É claro, meu amor. Você pode fazer logo no começo da semana que vem, na sala 38. Vou pedir que a esvaziem por último. Sei que você tinha muito carinho por seus alunos, eu entendo."

O sinal da escola tocou bem nesse momento.

"Preciso ver como desligar essa coisa, admito que me irrita um pouquinho."

A professora observou a diretora guardar seu celular na bolsa, fechar a porta da sala de reuniões, dar um beijo na sua bochecha e se afastar até sumir ao virar um corredor. Para a professora, parecia que o sinal ainda estava ressoando pela escola, mas devia estar apenas ecoando em sua cabeça. Tinha a estranha sensação de que, a qualquer momento, começaria a ver as crianças descendo a rampa para o recreio. Ficou uns cinco minutos parada, mas não viu nenhuma. Pensou no dia do grande desaparecimento, quando deu falta para todos no diário de classe. Como aquele gesto era bobo, mas, ao mesmo tempo, tão verdadeiro. A ausência é como um fantasma de todos os momentos de presença: nos aterroriza justamente por não vermos nada.

# 4 - A TRADIÇÃO DE ANIVERSÁRIO

Eu sou o irmão do Juca. Sim, agora esta história está em primeira pessoa. Pode parecer estranho que eu esteja aqui, já que pareço ter menos de dezoito anos, mas é que acabei de fazer dezoito anos e não desapareci. Na verdade, devo ser uma das pessoas mais jovens do mundo agora. Eu devo ter nascido uns poucos segundos antes das 17h, horário local em que houve o grande desaparecimento aqui. Meu irmão gêmeo Juca já não teve a mesma sorte, ele nasceu depois das 17h e não teve tempo de completar 18 anos. Ou seja, o grande desaparecimento aconteceu no dia do nosso aniversário.

Sinto muita falta dele. E é muito frustrante não entender nada do que está acontecendo. Às vezes me olho no espelho e finjo que sou ele. Falo coisas que ele falaria e eu quase me convenço porque nós éramos idênticos. Mas não vou ficar me aprofundando muito em como me sinto, acho que o mais importante agora é eu contar como aconteceu.

Juca e eu estávamos no limbo entre ter acabado a escola e esperar para começar a faculdade. Éramos muito parecidos em muitas coisas, mas tínhamos ideias bem diferentes sobre que curso fazer. Juca queria algo mais de humanas, como psicologia. Eu, por outro lado, sempre me dei melhor com exatas e queria fazer matemática. Agora, admito, não tive vontade de começar o curso. A matemática nunca vai me ajudar a entender o que está acontecendo. Talvez a psicologia ajudasse a, pela menos, lidar com isso, mas não vou ser um daqueles que vai fazer um curso que meu irmão faria só para honrar a memória dele. Não faz meu estilo. Talvez eu tire um ano sabático para absorver tudo isso. É como se meu irmão tivesse morrido. Ou, talvez, até pior porque eu não faço ideia do que aconteceu. Mas, pensando bem, a morte é um pouco disso também: não fazer ideia do que acontece depois.

Pouco antes de tudo isso, existiam dias mais simples. Minha família era uma família comum: meu pai, minha mãe, meu irmão e eu. Acho que meu pai trai a minha mãe porque ele some em alguns períodos e chega tarde de forma muito suspeita. Como eu estava dizendo, uma família normal.

Minha mãe finge não perceber nada de anormal, ou talvez ela não finja afinal. Ela não parece andar muito bem da cabeça, anda esquecendo algumas coisinhas. Eles são bons pais e nós dois somos bons filhos. Uma família entediante para se contar uma história sobre, se não fosse o fato de sermos gêmeos em que um ficou e o outro se foi no grande desaparecimento.

No nosso aniversário, passamos de manhã no supermercado com nossos pais. Para o dia, compramos só dois bolos, mas nos abastecemos de mais coisas para fazer uma festa no fim de semana e comprar outras coisas do dia a dia. É engraçado como uma família se porta num supermercado, cada um vai para um canto para agilizar as compras e, depois, passamos olhando todos os corredores procurando uns aos outros até a família estar reunida novamente. O Juca e eu gostávamos de tirar um sarro. Tinha dias em que usávamos roupas idênticas e fingíamos que éramos a mesma pessoa. Especificamente, nessa manhã de nosso aniversário no supermercado, estávamos vestidos iguais de propósito. A brincadeira começava assim: eu perguntava para um funcionário onde ficava algum item que eu sabia que estava bem distante. E nesse dia foi assim:

"Por favor, senhor, onde ficam os refrigerantes?"

"Ficam ali, no último corredor", disse o funcionário meio entediado. E eu me certifiquei que ele havia olhado bem pra mim.

O Juca já tinha pegado o refrigerante e estava por perto. Quando eu virei um corredor, o Juca apareceu com o refrigerante e disse:

"Não achei o preço, você pode me ajudar?"

O funcionário ficou alguns segundos sem reação e, por fim, foi atrás de uma máquina que mostrava o preço.

Não foi tão engraçado desta vez. Em uma outra ocasião, minha mãe filmou, colocamos no *Facebook* e até que tivemos bastante compartilhamentos. Era legal ter um irmão gêmeo. Essas besteiras que fazíamos me fazem muita falta e acho que, apesar de não ter tido tanta graça nessa última vez, era algum tipo de despedida inconsciente.

Depois dessa brincadeira, saímos em busca de nossos pais pelos corredores. Na parte de achocolatados, encontramos nosso pai com as mãos no ombro de uma menininha, agachado para ficar no mesmo nível que ela. Nosso pai adora crianças, ou melhor, adorava. A gente nunca ia imaginar que aquelas eram as últimas horas daquela criança e do Juca. Nos aproximamos e ouvimos nosso pai falar:

"Você está perdida, é? Não precisa ter medo, qual o seu nome?"

"É... é Julia, mas minha mamãe e meu papai falam pra eu não falar com estranhos", disse a menina timidamente, não olhando nos olhos do meu pai e com uma barra de chocolate na mão.

"Tudo bem, mocinha, então vamos encontrar eles. Só preciso do seu nome para anunciarem nos alto-falantes do mercado e sua mamãe e seu papai te acharem."

Nosso pai percebeu nossa presença e levantou os olhos para nós:

"Oi, meninos! Esta é a Julia e ela está perdida. Eu sou o papai deles, Julia! Vou levá-la para os funcionários do mercado anunciarem que ela está perdida. Acho que a mãe de vocês está no corredor de produtos de limpeza."

Os dois foram se afastando. A garotinha Julia olhava para trás, aparentemente impressionada com dois meninos iguaizinhos, usando até a mesma roupa. Meu pai pegou a mão da menininha e a acompanhou na busca dos pais dela. Seguimos para o corredor de produtos de limpeza para encontrar a nossa mãe, mas ela não estava lá. No fim, ela estava na parte central do mercado e parecia que ela não sabia muito bem em qual corredor deveria entrar. Ao nos avistar, disse de longe:

"Aí estão vocês! Olha, a lista está com o pai de vocês, eu esqueci o que eu deveria comprar agora."

"Bem, o pai disse que você deveria estar no corredor de produtos de limpeza", falou Juca trocando olhares comigo. Nós sabíamos muito bem que a nossa mãe estava começando a ficar atrapalhada da cabeça. E ela era tão jovem!

"Ah, sim, é isso mesmo. Vou lá!" O constrangimento na voz dela era nítido. Minha mãe não queria admitir que estava ficando incapaz de alguma forma, já que ela sempre foi tão independente.

Todos nós nos encontramos no caixa do supermercado. Meu pai já estava na fila. Perguntei para ele se a menininha Julia tinha achado os pais e ele disse que sim. Pagamos, levamos as compras até o carro e fomos pra casa.

Ainda era começo de tarde, meu pai precisava trabalhar e não sabia se ia chegar a tempo de cantar parabéns com a gente. Tínhamos uma tradição em que cantávamos parabéns exatamente na hora em que a pessoa tinha nascido, ou seja, era provável que meu pai não chegasse a tempo mesmo, pois o Juca e eu nascemos às 17h. Porém, ele tentaria sair mais cedo do trabalho para estar com a gente. Não era um horário ruim para apagar uma vela e comer bolo, mas minha mãe, por exemplo, que nasceu às 3h da madrugada, faz a gente ficar acordado até esse horário ou acordar um pouco antes para cantar parabéns e comer bolo no meio da madrugada em todo aniversário dela. Ela explica que é uma tradição de gerações da família dela e que celebrar o aniversário de alguém exatamente no horário do nascimento traz uma energia de renovação para um novo clico de forma muito potente.

Minha mãe caprichou na decoração da casa, apesar de só nós três estarmos presentes. Ela disse que não é todo dia que dois mocinhos se tornam adultos ao completarem 18 anos. Trios de bexigas presas umas nas outras estavam em vários cantos da sala de jantar. Um letreiro com os nossos nomes e a palavra "parabéns" estava pendurado na parede, atrás da mesa redonda, que não tinha um, mas dois bolos. Cada um com suas respectivas velas de 18 anos. Um era de maracujá e outro de chocolate com morango. O favorito de cada um de nós dois. No caso, o meu é o de maracujá, mas isso não impede de cada um pegar pedaços do outro. Os bolos eram pequenos, antes que vocês pensem que minha família é uma família de gulosos. Além disso, na mesa, tínhamos brigadeiros, beijinhos e bichos de pé formando a inicial dos nossos nomes.

O Juca estava ansioso para fazer 18 anos e tirar logo habilitação para dirigir, mas eu não ligava muito para isso. Eu queria aprender a dirigir, claro, mas se há possibilidade de usar o transporte público, melhor. São muitas vantagens: não precisar arranjar um lugar para estacionar ou, às vezes, gastar com estacionamento; poder ler um livro no caminho; não precisar gastar com impostos e combustível... Enfim, carro é uma despesa muito grande, quase um filho!

Faltava apenas meia hora para às 17h quando minha mãe resolveu ligar para o nosso pai. Ninguém atendia, talvez ele estivesse muito ocupado. Tudo indicava que ele não ia chegar a tempo mesmo. Ser o aniversariante quando cantam parabéns é sempre uma experiência um pouco constrangedora, mesmo eu que tenho meu irmão Juca para me acompanhar nesse momento. A gente nunca sabe muito bem o que fazer enquanto cantam parabéns para a gente. Batemos palmas e cantamos juntos, mas é meio idiota cantar "Parabéns pra você" pra si mesmo, se você parar pra pensar. É como dar um tapinha de incentivo nas suas próprias costas. E, por mais estranho que pareça, quanto menos gente cantando parabéns, mais constrangedor é. Se é no meio de uma grande festa, apesar de ter mais gente nos olhando atrás da mesa do bolo, parece que faz mais sentido cantar parabéns e há mais clima para isso. Agora, hoje, que é um dia de semana e é uma comemoração mais particular, só haverá meu irmão, eu e minha mãe. Isso significa que teremos mais gente fazendo aniversário do que gente dando parabéns.

Agora faltavam dois minutos para o horário do nosso nascimento. Era isso, meu pai não chegaria a tempo mesmo. Minha mãe foi pegar os fósforos para acender as velas. Acendeu nos dois bolos, apagou as luzes e começou a cantar parabéns daquela forma constrangedora, animada demais para uma festa só com três pessoas. De repente, senti uma ausência do meu lado, não sei explicar. Olhei para o lado e não vi a silhueta do meu irmão no escuro. Minha mãe também parece que percebeu algo porque parou de bater palmas de repente. Trocamos olhares à luz das velas, ambos com uma expressão confusa. Minha mãe foi até o interruptor de luz e acendeu a lâmpada da sala de estar.

"Juca?" disse, olhando quase comicamente embaixo da mesa.

"Você viu ele se afastando da mesa, mãe?"

"Não, ele... Estava escuro, eu não entendi, parece que eu pisquei por um momento e ele não estava mais do seu lado."

Olhei para as velas do bolo. Apaguei as minhas, deixei as do Juca acesas por enquanto.

# 5 - A REUNIÃO DE MADRUGADA

É meu dever informar o leitor ou a leitora que seria pretensioso da minha parte garantir que a realidade de pessoas refugiadas seja retratada fielmente nesta história. Fui até instituições que ajudam refugiados, vi filmes e li livros sobre o assunto, mas não sou um refugiado e nem acompanhei de perto a vida de um. E, mesmo que eu fosse de fato um refugiado e relatasse minhas próprias vivências, quem estivesse lendo também não saberia exatamente como é sentir que não há um lugar para você neste mundo, ou que não existe mais o seu lar. Há coisas que, por mais empático que você seja, não tem como entender profundamente sem que você vivencie a coisa.

A nossa história continua em um acampamento de refugiados do outro lado do mundo. Era a noite do grande desaparecimento, todos já estavam dormindo em seus abrigos improvisados. Não era incomum ouvir algum barulho de explosão ao longe, ou até mesmo disparos de metralhadoras. As noites costumavam ser mais calmas, mas também podiam propiciar ataques mais traiçoeiros. O pai de Beatriz era médico ginecologista, seu consultório foi um dos estabelecimentos bombardeados durante uma madrugada pelos extremistas. Ele acordou, viu no noticiário o ataque e sabia que, a partir daquele dia, não teria mais condições de trabalhar. Os ataques estavam cada vez mais próximos, eles precisavam abandonar a própria casa. A mãe de Beatriz era professora de primário, a escola em que ela trabalhava estava fechada há tempos por conta dos riscos. O dinheiro estava acabando e eles só tinham o valor necessário para mandar Beatriz para longe daquilo tudo, com a promessa de que, em breve, também iriam embora do país e se reencontrariam com a filha. Mas não é o momento de contar a trajetória da Beatriz agora, peço que releiam o começo deste parágrafo.

Pois bem, a noite no acampamento teve o seu silêncio cortado por um grito feminino. Vinha logo da barraca vizinha dos pais de Beatriz. Dentro da barraca ao lado, a mulher estava grávida de dois meses e acordou sangrando sem parar. Sabendo que ela estava à espera de um bebê, os pais de Beatriz entraram na barraca vizinha preocupados, e se depararam com esta cena: a mulher e o seu marido no chão, ele a abraçando por trás, envolvendo a barriga dela numa tentativa de aliviar a dor. O homem com uma expressão de que não sabia direito o que estava fazendo. A mulher, horrorizada, com as mãos em seu ventre cheias de sangue, gritando:

"Por que tanto sangue? Por quê?"

"É natural em um aborto espontâneo, sei que parece muito, mas não se assuste. Você vai se recuperar, estava no começo da gestação ainda", disse o pai de Beatriz.

A mulher chorava aos prantos agora. Os pais de Beatriz já a ouviram amaldiçoar aos quatro ventos diversas vezes por ter engravidado no meio daquela situação. Não havia um lugar para ficar, pouca comida e água, uma guerra acontecendo... Seu sonho era ter uma criança, mas não naquelas condições. Foi o próprio pai de Beatriz, ginecologista, que deu a notícia que, de fato, ela estava grávida. Mesmo naquela situação caótica, ele tentava ajudar das melhores formas possíveis. Obviamente, a mulher que havia sofrido o aborto estava mais fraca do que era quando o país ainda era um lugar de paz, mas ele não esperava que ela sofresse um aborto. Todo dia, ela se mostrava aflita de como seria a vida quando o bebê nascesse. As coisas já estavam difíceis o bastante para cuidarem deles mesmos, imagina como seria lidar com a fragilidade de um recém-nascido naquele ambiente improvisado?

Contudo, observando a triste cena da mulher que havia acabado de sofrer um aborto espontâneo, não havia dúvida de que ela amaldiçoava a responsabilidade de estar gerando uma criança só porque realmente se importava muito. Mas havia algo de muito estranho. O pai de Beatriz reparou que não se via o feto em lugar nenhum, era um aborto apenas cheio de sangue.

Fora da barraca, os quatro começaram a ouvir outros murmúrios do lado de fora. Parecia que outros tinham saído de suas barracas, talvez tivessem ouvido os gritos e estivessem vindo para ajudar também, mas as vozes pareciam mais distantes. Depois, perceberam que as vozes chamavam por pessoas.

"Liaaa!", chamava uma delas. Os quatro ficaram em silêncio e logo reconheceram que era a voz da mãe da Lia, ou seja, ficaram mais aliviados que não era um invasor. Mas, ao mesmo tempo, ficaram preocupados por ela estar chamando a filha tão tarde da noite. Lia era uma menina adorável de 16 anos. Era muito prestativa com todos do acampamento. Antes da escola fechar, era uma das melhores alunas da sala. Não era do feitio dela aprontar alguma e sumir no meio da noite.

"Shiiiu, as pessoas estão dormindo", disse a voz de um homem.

"Acordei no meio da noite com um grito e reparei que minha filha não estava mais do meu lado."

"O grito não veio da sua barraca, não foi sua filha. Eu também acordei com esse grito", sussurrou o homem.

"Mas onde ela está? Olha, quem está se aproximando dali?"

Os quatro na barraca ouviram sons de passos. A dor do aborto tinha cessado um pouco e, agora, até a mulher com sangue no ventre estava prestando atenção nos barulhos e nas vozes do lado de fora.

"Ei, vocês dois! Viram o Miguel?", desta vez, uma voz masculina.

"O que está acontecendo com os jovens desse acampamento? Será que a Lia foi se encontrar com o seu filho?", disse a mãe de Lia.

Pouco a pouco, a noite foi ficando cheia de passos, mais pais saíam de suas barracas à procura de seus filhos. O barulho de um acordava o outro e, quando reparavam que seus filhos não estavam mais dormindo aos seus lados, saíam para a noite que deixou de ser silenciosa. Os pais de Beatriz resolveram sair da barraca. Antes, o pai de Beatriz certificou-se de que a mulher com o ventre ensanguentado estava um pouco mais calma.

"Vá, vá, parece que não foi só com meu filho que aconteceu algo."

Praticamente, todos os refugiados do acampamento estavam do lado de fora agora. A pessoa mais jovem que a mãe de Beatriz logo avistou foi Jonas, um jovem de dezoito anos.

"Querido, você sabe o que aconteceu com os outros jovens?"

"Eu não faço ideia. Não é algo que foi combinado entre os mais jovens, se você quer saber."

Todos estavam muito confusos. A reunião noturna que havia se formado sem querer consistia em pessoas elaborando teorias mirabolantes de o que tinha acontecido.

"E se os extremistas vieram na calada da noite e levaram as crianças?"

"Impossível, alguém teria percebido!"

"Elas devem ter ouvido um barulho que só os ouvidos mais jovens escutam."

"Minha filha de um ano não sairia da barraca se escutasse algo."

O sentimento geral era de desespero e desinformação. Até que o mais velho do acampamento foi até o centro da confusão com seu radinho de pilhas. Chiando cada vez menos, ele conseguiu sintonizar numa rádio que acabou com a desinformação, mas só aumentou o desespero:

"... países, de todos os continentes, sumiram ao mesmo tempo. Em nosso país, o sumiço coletivo de menores de 18 anos aconteceu às 2h da madrugada. Ou seja, faz apenas 15 minutos que esse enigmático fenômeno ocorreu. Ainda não há muitos detalhes e a população mundial está confusa. O presidente dos..."

Nesse ponto, o chiado voltou a ficar forte, mas a notícia, apesar de ser absurda, já tinha sido clara. Alguns que estavam mais distantes do radinho de pilhas não escutaram muito bem e pediram para que os outros explicassem direito. Todos, sem exceção, que ouviram a notícia da boca dos outros, questionaram se eles haviam escutado direito.

"Foi o que o rádio disse, pelo menos", era a resposta geral.

"Mas isso aconteceu no mundo todo?", era a pergunta geral logo em seguida.

Alguns começaram a chorar, outros não conseguiam nem reagir. A mãe de Lia, uma das primeiras vozes que cortaram a madrugada, foi vista voltando para sua barraca, comentando que aquilo deveria ser um pesadelo sem sentido e que só precisava voltar a dormir e acordar de novo.

Os pais de Beatriz se olhavam, pensativos. Os dois sabiam o que se passava na cabeça um do outro. Hoje era aniversário de 18 anos de Beatriz e ela havia nascido às 2h da madrugada no horário local. O que isso queria dizer? Que ela havia sumido? Ou que havia completado 18 anos a tempo? Ela estava mais ao ocidente, ou seja, o horário do grande desaparecimento no país em que ela estava agora fazia com que ela não tivesse completado 18 anos. Ou não importava? O importante é que ela havia sim completado 18 anos se fosse considerado o horário local onde ela nasceu! Mas será que teria completado mesmo? Será que os médicos arredondaram o nascimento dela para 2h da manhã? Se ela tivesse nascido 2h01, por exemplo, será que teria desaparecido? Por fim, o pai de Beatriz falou:

"O quão pontual terá sido esse desaparecimento? Nada disso faz sentido."

A noite ficou agitada, mas decidiram que deveriam voltar às suas barracas. O silêncio não voltou a ser o mesmo. Agora ele era cortado por ocasionais fungadas de choro ou conversas murmuradas. Os pais de Beatriz tinham uma dessas conversas. Os dois discutiam a arriscada possibilidade de deixar o país de forma ilegal. Havia um navio cargueiro que poderia transportá-los até o país em que Beatriz estava, mas seria uma viagem em péssimas condições. Por outro lado, eles já estavam em péssimas condições onde estavam.

A guerra havia começado há um ano. No começo, não afetava muito a rotina deles, mas foi chegando cada vez mais perto. Caso estejam curiosos, o motivo da guerra não é relevante. Não adianta perguntarem, nunca há um bom motivo para uma guerra começar. Os adultos, que se dizem tão civilizados e gostam de repreender crianças, têm muito a aprender com elas. Basta dizer que tudo poderia ser resolvido de uma forma muito melhor se as crianças estivessem no poder. Talvez com um simples par ou ímpar, ou, para disputas mais importantes, um jogo de futebol. E se o perdedor terminasse chorando, a mãe sempre poderia oferecer algum conforto com um prêmio de consolação, como um bolo de chocolate. O grande problema é que os adultos criam ódios arraigados, ou seguem dogmas muito radicais, não havendo espaço para uma competitividade amigável para resolver certas questões. Sempre foi muito improvável que o mundo fosse comandado por valores mais simples de uma criança, mas agora, de fato, era impossível. Não havia nenhuma no mundo.

Desculpem-me o desvio da história. Pois bem, logo depois que o consultório do pai de Beatriz foi destruído pela guerra, eles correram para abandonar a casa. Não conseguiram levar muitas coisas, mas estavam certos por estarem apressados. O antigo bairro deles foi destruído por uma série de bombas uma semana depois. O país entrava numa crise financeira gigantesca. O dinheiro de muita gente simplesmente foi engolido pelo governo. Os pais de Beatriz tinham certa quantia num cofre que esvaziaram antes de abandonar a casa. Com muita insistência, conseguiram persuadir Beatriz para que fosse embora do país sem eles, enquanto o aeroporto da cidade ainda funcionava. Prometeram que iam arranjar um meio de não demorarem para reencontrá-la. Beatriz tinha uma tia no país para onde ela ia, irmã do seu pai. Essa própria tia havia sugerido isso a seu irmão, que eles deveriam sair do país o mais breve possível. Até que eles ficaram sem celular, sem internet, sem meios de continuar se comunicando. O pai de Beatriz tinha o endereço da irmã, deu todas as instruções que sabia para a filha e torceu para que desse tudo certo quando Beatriz chegasse lá. Não tinha meios de avisar a irmã de quando Beatriz chegaria.

Com tudo isso na cabeça, os pais de Beatriz sentiram-se culpados por não estarem buscando todas as formas de cumprir a promessa de reencontrar a filha. A notícia do desaparecimento dos menores de 18 anos deixou uma enorme dúvida. Será que Beatriz estava bem na casa da tia? Ou será que havia desaparecido? Era uma enorme coincidência ela completar 18 anos exatamente no "horário fatal" que dividia quem ficava ou quem desaparecia.

Decidiram que não podiam mais se resignar ao sentimento de impotência. Na manhã seguinte, ajeitariam todos os detalhes e arriscariam a viagem ilegal por navio cargueiro.

# 6 - PECADOR

Meu pai chegou mais tarde do que de costume no nosso aniversário. Claro, ele já sabia o que tinha acontecido no mundo. Ligamos várias vezes até ele atender. Ele é diretor de marketing de uma agência, disse que estava numa reunião. Pediu desculpas por não ter conseguido chegar mais cedo em casa. Segundo ele, logo que ele saiu da reunião, todo mundo estava falando sobre o assunto. Ele soube de um colega que perdeu o filhinho de seis anos que desapareceu. Ele não deve ter se tocado do perigo de um dos seus filhos terem sumido também, porque ele não perguntou pra mim se o meu irmão Juca estava bem. Talvez ele tivesse assumido que, por estar falando comigo, meu irmão gêmeo também não teria desaparecido.

Não consegui dar a notícia por telefone, ele deveria estar dirigindo. Poderia ser perigoso. Além disso, a voz dele transparecia que ele já estava em um estado abalado. Quando ele chegou em casa, minha mãe estava na cama chorando, nem levantou quando ouviu o barulho do carro chegando na garagem. Eu estava na sala. Do sofá, dava para ver a mesa da cozinha, os bolos ainda intactos na mesa. Meu pai chegou exausto, se jogou no sofá e apenas ficou quieto por um momento. Ouviu o choro da minha mãe e foi aí que deve ter ligado os pontos.

"Cadê o Juca?"

"Não teve aniversário, pai", eu disse.

"18 anos! Vocês nasceram próximos do horário do desaparecimento!", dava para ver no rosto dele a compreensão chegando. "Você nasceu primeiro!"

"Eu nasci um minuto antes do Juca. O Juca nasceu depois das 17h, eu nasci antes das 17h. Eu consegui completar 18 anos a tempo do "horário de corte", ele não", expliquei por fim o que minha mãe e eu demoramos um bocado para entender.

Demoramos para entender porque não ligamos a TV logo depois que o Juca desapareceu. Não imaginávamos que era um fenômeno mundial, ou que a explicação estivesse no noticiário. Quer dizer, explicação é uma palavra forte nesse caso, porque ter acontecido com todos os menores de 18 anos não faz o menor sentido.

Assim que percebemos o que tinha acontecido, minha mãe e eu começamos a ligar para o meu pai. Minha mãe continuou acompanhando os casos na TV. Enquanto eu tentava ligar para o meu pai, ouvi uma das reportagens.

"A famosa cantora pop, Emma Miller, que tinha apenas 17 anos e explodiu no mercado musical como fenômeno pop, estava fazendo um show no momento do grande desaparecimento. O curioso, nesse caso, é que temos diversos registros em vídeo do momento em que ela desaparece. E grande parte da plateia também. As imagens a seguir podem ser chocantes."

Logo em seguida, a TV exibiu o momento do show em que tudo aconteceu. As imagens não eram muito chocantes, para ser sincero. Só era bem bizarro. Do nada, onde um milésimo de segundo antes a cantora estava pulando e cantando, só restou o microfone. Ele caiu com um estrondo amplificado pela microfonia no palco. A banda continuou tocando por alguns segundos. O mais bizarro mesmo era ver boa parte da multidão simplesmente desaparecendo junto, já que a maioria dos fãs era adolescente.

Em seguida, o programa passou uma retrospectiva da curta carreira da cantora. Minha mãe desligou a TV e eu também decidi parar de tentar ligar para o meu pai por um tempo. Ela foi para o quarto dela e decidiu ficar lá. Eu preferi ficar na sala e não ir para o meu quarto, já que o meu quarto também era o quarto do Juca e eu não queria ficar olhando para as coisas dele.

Agora, estávamos eu e meu pai no sofá da sala, sem saber o que fazer direito. Por fim, meu pai levantou e foi para o quarto, tentar consolar minha mãe. Apesar de ele não estar chorando, a cara dele estava horrível e acho que ninguém ia conseguir consolar ninguém. Decidi levantar também, guardei os bolos na geladeira, coloquei os talheres no lugar, desmontei a mesa e as decorações do pior aniversário da minha vida. Eu só queria me ocupar fazendo alguma coisa. Depois, fui para o meu quarto, olhei para a cama vazia do Juca, apaguei as luzes e fiquei deitado na minha, sem conseguir dormir.

Uma semana depois, meus pais e eu estávamos nos arrumando para ir à igreja. Não éramos uma família muito religiosa, mas, de vez em quando, cumpríamos alguns rituais. Eu não sabia direito qual ritual estávamos cumprindo. O Juca não tinha morrido. Ou tinha? Parecia que estávamos indo para uma Missa de sétimo dia, só que sem um velório antes. Demoramos para sair e quase saímos atrasados porque minha mãe estava mais atrapalhada do que o normal, cada hora ela esquecia alguma coisa. O terço, a bolsa, o celular... Parecia que o problema dela estava ficando pior desde o desaparecimento do Juca. Aliás, nem sei se "desaparecimento" é a palavra certa neste caso. Não é como se a gente pudesse espalhar cartazes de "desaparecido" por aí. Por um momento, imaginei a cidade infestada de cartazes assim de todos os menores de 18 anos que haviam sumido enquanto íamos de carro até a igreja.

Tudo estava mais vazio desde o grande desaparecimento de uma semana atrás, mas a igreja era uma das exceções. O desespero e a necessidade de se agarrar em algo quando as coisas fogem completamente do nosso controle fazem as pessoas buscarem a fé. Eu mesmo, que nunca fui muito religioso, comecei a rezar toda noite. Se o grande desaparecimento, que é algo tão misterioso, irrefutavelmente aconteceu e é real, talvez Deus também exista e possa me escutar. Quem sabe, da mesma forma que misteriosamente isso ocorreu, todos possam reaparecer de repente também. Para isso, não havia nada com que eu pudesse contar além da fé em acreditar que o reaparecimento fosse possível.

Como eu disse, a igreja passou a ser um dos poucos lugares mais cheios do que o habitual depois do grande desaparecimento. Por isso, meu pai estava com dificuldades de achar um lugar para estacionar. Ele deixou minha mãe e eu na frente da igreja e continuou procurando uma vaga. Olhamos ao redor e, apesar de haver mais pessoas que o normal, era uma multidão silenciosa que entrava na igreja. É bem comum os pais levarem as crianças à igreja, então provavelmente a ausência das crianças era o grande motivo desse silêncio todo. Claro, isso era devido ao fato de não haver o barulho das crianças, a correria e os pais pedindo para que se comportassem num ambiente que não era lugar para brincadeiras, mas o silêncio também era uma espécie de luto por elas não estarem lá.

Entramos, vi minha mãe fazendo o sinal da cruz e eu decidi a copiar. Não era uma igreja muito grande e nem daquelas bem ornamentadas. A arquitetura era simples, mas o teto acima do altar era abobadado. Ao longo das paredes, havia a imagem de alguns santos e no fundo, ao centro, Jesus na cruz. Entramos em uma das fileiras de bancos, minha mãe se ajoelhou na madeira à sua frente e eu fiquei sentado, olhando ao redor. Fazia um bom tempo que eu não ia numa igreja. Eu estava rezando todas as noites, mas não me sentia confortável para me ajoelhar lá e rezar. Vi meu pai entrando, levantei o braço para ele nos localizar e, pouco tempo depois, a missa começou.

Para ser sincero, eu acho que missas entram na categoria de coisas que fazem o tempo passar mais devagar. Parece que duram muito mais que uma hora. Eu não estava conseguindo me concentrar no que o padre dizia, tudo seguia um "script". Liam alguns versículos, cantavam algumas canções e faziam algumas orações. Até que o padre começou o sermão e tocou no assunto do momento.

"Caros irmãos e irmãs, como podem perceber, é com muito peso no coração que realizo a celebração da Santa Missa sem o nosso querido coroinha. Os caminhos de Deus, apesar de incompreensíveis, nos levarão ao caminho da luz. Peço-lhes que, nesse tempo sombrio, não percam a fé. As crianças voltarão se for a vontade de Deus. No Gênesis, lê-se em dois versículos: Deus abençoou Noé e seus filhos. "Sede fecundos, disse-lhes ele, multiplicai-vos e enchei a terra." E também: "Sede, pois, fecundos e multiplicai-vos, e espalhai-vos sobre a terra abundantemente." A fertilidade humana estava no plano de Deus, o domínio do homem sobre todo o lindo planeta que Ele criou para nós."

Eu me pergunto por que Deus falou isso para Noé. Ele tinha acabado de inundar todo o planeta para resetar o mundo. Viu que tinha dado um monte de coisa errada, mas, mesmo assim, insistiu nesse papo de fertilidade e do ser humano ocupar todo o mundo novamente. Talvez o que estivesse acontecendo fosse um novo tipo de enchente. O padre continuou falando enquanto eu pensava nessas coisas.

"Porém, na atual conjuntura, parece que esse grande plano de Deus foi descartado, ou, pelo menos, está em pausa. Os ventres de tuas mulheres estão secos. Todos os menores de 18 anos desapareceram. Talvez já estejam no Reino dos Céus, talvez a inocência não deva mais habitar o nosso planeta. O Senhor é grande e perfeito, e ama todos os seus filhos, pecadores ou não. Pois Jesus morreu na cruz para nos perdoar de todos os nossos pecados, mas, que pecados uma criança tem? Por que Deus sumiria com todas as crianças? Tenham fé de que Deus as abrigou num lugar seguro e que as verão novamente, como verão todos os que morreram e se juntaram ao Reino dos Céus. Por fim, enquanto o mundo carece da graça das crianças, não se esqueçam, fiéis, do que Jesus falou: "Deixem vir a mim as crianças, não as impeçam; pois o Reino de Deus pertence aos que são semelhantes a elas." Em nome do Pai, do Filho e do Espírito Santo, amém!"

Um coro de "amém" acompanhou o padre. Fiquei pensativo, não sei direito o que o padre quis dizer. Será que temos que ser um pouco mais como crianças? Será que todos os menores de 18 anos foram para o paraíso? Ou seja lá para qual lugar as pessoas boas vão depois da morte... Isso quer dizer que os mais jovens são pessoas mais puras?

Depois do sermão, não consegui me concentrar na missa de novo. Olhei ao redor e percebi muitos rostos tristes. E eu mesmo comecei a ficar bem triste, parecia que enfim a ficha estava caindo. Eu estava vivendo um tipo de luto diferente, um luto sem corpo, um luto coletivo. Quando me dei conta, eu estava chorando, mas não chamei atenção por isso. Eu não era o único. Eu odeio chorar em lugares públicos, mas, desta vez, não senti vergonha. Meu irmão não existia mais. E minha fé não era tão forte assim para acreditar que ele voltaria.

A missa terminou e as pessoas saíram mais silenciosas do que entraram. Só quando cheguei na porta da igreja, percebi que meu pai ficou lá, rezando ajoelhado. Voltei, olhei para o rosto dele. Ele estava horrível. Esperei ele terminar de rezar e disse para irmos embora. Quando ele olhou pra mim, pude reparar melhor em como ele estava chorando. Nunca tinha visto ele chorando daquela forma, chegava a ser preocupante. Parecia que havia algo ali além de tristeza, mas eu não soube identificar direito. Ele disse que tinha estacionado próximo à banca de jornal, me deu as chaves e disse para a gente esperar um pouco lá. Ele precisava se confessar com o padre.

Reencontrei minha mãe na porta da igreja. Ela estava triste, mas a expressão dela estava longe de ser parecida com a do meu pai. Caminhei com ela até o carro e fiquei me perguntando o que levou meu pai a querer se confessar. O que ele havia feito que precisasse de perdão? Pensando nisso, a expressão dele voltou à minha cabeça. Talvez o que eu não havia conseguido identificar antes no rosto dele fosse culpa.

---

O pai estava sozinho na igreja agora, cada passo que ele dava reverberava com o eco. Ele caminhou até o confessionário e entrou. O padre ainda estava no altar, achou estranho que aquele único homem que havia ficado na igreja não trocou nenhuma palavra ou olhar com ele, simplesmente entrou no confessionário e esperou. O padre foi até o seu lado do confessionário, sentou-se e também esperou um pouco antes do homem decidir começar a falar.

"Abençoe-me, senhor padre, pois eu pequei", ele disse e em seguida, fez o sinal da cruz.

"Caro irmão, há quanto tempo não te confessas?"

"Desde que eu era criança, senhor padre."

"Como anda a sua fé? Como o senhor se sente?"

"Me sinto péssimo. Sabe, é por causa de pessoas como eu que o mundo virou esse caos."

O padre ficou intrigado. Como o desaparecimento dos menores de 18 anos poderia ser culpa de alguém? Isso se esse fosse o caos sobre o qual ele estava se referindo.

"Me explique melhor, por favor. Sobre que caos você está falando?"

"Sinto que é minha culpa meu filho ter sumido!"

"Caro irmão, como o desaparecimento do seu filho pode ser sua culpa? Ele era menor de 18 anos, certo? Isso aconteceu com todos, é um verdadeiro mistério. Conte seus pecados, estou aqui para ajudar."

"Bem, eu... eu não estava presente quando meu filho desapareceu. E me sinto muito mal por isso."

O padre não podia ver o rosto dele, mas sua voz estava cansada, rouca. Parecia um homem doente que precisava de muito tempo de descanso. Um longo silêncio se seguiu. Como o que ele disse não respondia à pergunta do padre sobre a culpa, o padre disse gentilmente:

"Prossiga."

"Eu... eu não tinha ideia de que seria o último aniversário do Juca. Eu pretendia chegar em casa mais cedo para comemorar com eles. Mas eu estava... estava em outro lugar. E eu menti sobre onde eu estava para minha família, não era uma reunião."

"E onde você estava?"

"Não importa muito onde eu estava, mas com quem eu estava."

Mais um silêncio prolongado. Desta vez, o padre ouviu um choro baixinho.

"Eu não consigo, senhor padre! É muito difícil!"

"O perdão de Deus é grandioso. Não temas, estou aqui em nome dEle. Você chegou até aqui, leve o tempo que for para ter coragem."

"Eu estava com uma menina."

Ele disse de repente, como se temesse nunca conseguir falar aquilo se demorasse mais um pouco. Sem conseguir disfarçar muito o desconforto na própria voz, o padre perguntou:

"Qual era a idade da menina?"

"Eu não sei, mas ela era bem nova... Eu sou um monstro! Permiti que um dos piores pecados tomasse conta de mim! Sou doente, não sabia como começar a buscar tratamento! Eu a conheci no supermercado, ela estava perdida dos pais. Eu conversei com ela, consegui convencê-la a se encontrar comigo... bem, esses detalhes não importam!"

"E o que importa? Não tenha medo de confessar seus pecados."

"Eu nunca toquei em nenhuma criança, eu juro! Não dessa forma. Mas eu estava prestes a fazer isso. Eu já havia abaixado minhas calças, mas não havia tocado na menina. Pela expressão dos olhos dela, dava para ver que ela estava estranhando a brincadeira. Não sei como eu pude ir tão longe, mas o que me assombra agora é a última visão que tive dela. Seus olhos estavam angustiados, ela havia entendido. Parecia prestes a chorar e... sumiu."

"Irmão, você pecou, mas isso não te faz culpado pelo grande desaparecimento."

"Eu acho que faz, padre. Pessoas como eu são uma das razões para as crianças terem desaparecido. E a menina ter desaparecido bem naquela hora..."

O pai voltou a ficar em silêncio. O padre não ouviu nenhum choro baixinho desta vez, o homem parecia estar refletindo, era um silêncio diferente.

"Você vai me denunciar?"

"O segredo da confissão sacramental é inviolável, a não ser que o senhor queira que eu não guarde o seu segredo."

"Eu não sei... eu, eu só busco perdão."

"Bem, diga comigo esta oração."

A cada frase que o padre dizia, o pai repetia.

*Deus, perdoe-me pelos meus pecados*

*Escolhi o caminho da maldade e deixei o bem de lado*

*Não abri meu coração para o Teu amor infinito*

*Mas estou disposto a pagar a penitência*

*E que sua piedade acolha meu arrependimento*

*Deus misericordioso, aceite essa minha prece*

"Vá em paz!"

O pai saiu do confessionário e se foi, sentindo tudo, menos paz.

# 7 - A ÚLTIMA REUNIÃO

Fazia duas semanas do grande desaparecimento. A professora estava na sala de reuniões, checando os boletins de seus alunos. Não havia mais nenhum professor na sala. Aparentemente, ela era a única professora que havia pedido uma última reunião com os pais dos seus alunos. Não era fim de semestre, então nenhum boletim estava fechado.

Pensando melhor, a reunião, na verdade, não tinha nenhuma utilidade pedagógica. Ela provavelmente foi a única professora que teve essa ideia, mas, apesar disso, sentia que estava fazendo a coisa certa.

A professora pegou todas as provas e boletins dos seus alunos e seguiu em direção à sala 38, que a diretora havia dito que reservaria para a reunião. Ela não pôde deixar de notar como a escola estava ainda mais mudada uma semana depois da sua conversa com a diretora. Os brinquedos do parquinho tinham sido removidos, deixando uma marca no piso onde ficavam. A quadra estava sem os gols, sem as cestas de basquete e haviam removido o placar que tinha o nome da escola e a palavra "visitante" logo ao lado, separadas por um x. No corredor perto da entrada da quadra, todos os troféus esportivos da escola tinham sido removidos também. Subindo as rampas e espiando dentro das salas de aula, a professora notou que não havia mais nenhuma carteira e nem lousas dentro delas. A escola tinha virado uma carcaça. Ela temeu que a diretora tivesse se esquecido do combinado delas e que a sala 38 estivesse vazia como as outras, mas, chegando lá, ela viu que não estava.

Uma das mães já estava dentro da sala, sentada em uma carteira. Quando a professora entrou, ela virou o rosto para a porta e a professora pôde notar que os olhos dela estavam ligeiramente vermelhos de choro. Naquele momento, a professora percebeu que talvez não estivesse preparada para lidar com aqueles pais e suas dores. Ela precisava ser forte. As duas se cumprimentaram meio constrangidas, uma por ter flagrado a outra chorando e a outra por estar chorando. Ela era mãe da Talita, a menina que estava resfriada no dia do desaparecimento e acabou mudando de lugar. Essa é uma das situações em que você encontra alguém e não pergunta se está tudo bem, então a professora limitou-se a agradecê-la por comparecer como saudação. Em seguida, colocou a pasta com todas as provas e boletins na mesa, sentou-se e começou a procurar o que pertencia a Talita. Um momento estranho se seguiu, com as duas quietas enquanto a professora demorava um tempo considerável para achar as provas e o boletim da aluna. Quando achou, levantou-se e foi até a carteira onde a mãe da Talita estava.

"Excelentes notas! Sua filha era uma excelente aluna."

Logo depois de dizer isso, a professora desejou que tivesse escolhido melhor suas palavras. O "era" saiu com um gosto amargo de sua boca, mas a mãe da Talita não transpareceu que havia se incomodado com a frase no passado. Devia saber que não era intenção da professora machucá-la.

A mãe encarou as provas e o boletim da filha que agora estavam em cima da sua carteira, mas seus olhos não se moviam como se estivesse realmente lendo ou prestando atenção naqueles papéis. De repente, a mãe fez uma pergunta que a professora não estava esperando:

"Como foram os últimos momentos de Talita? Ela estava bem?"

Surpresa com a pergunta, a professora demorou um pouco para responder. Apesar da pergunta ser inesperada, era justo que a mãe perguntasse aquilo. Afinal, a professora tinha sido a única pessoa que estava presente quando os alunos desapareceram.

"Ela estava. Era um dia bem comum, para falar a verdade. Estavam discutindo sobre deixar o ventilador ligado ou desligado. Ela estava resfriada, não estava?"

"Estava sim", ela disse simplesmente.

Parece que há algo de estúpido em qualquer conversa após uma tragédia. Conversar sobre a coisa em si de forma direta é bem doloroso, mas falar sobre trivialidades, como um resfriado, parece inadequado ou pequeno demais. Porém, a professora sabia que não tinha respondido o que realmente aquela mãe queria saber, então continuou:

"Apesar de eu ter estado com as crianças no momento do ocorrido, eu não vi como foi o que de fato aconteceu. Estava virada para a lousa, percebi um silêncio repentino e foi isso."

A mãe da Talita assentiu, um pouco mais calma. Ainda estava com os olhos tristes, mas conseguiu abrir um sorriso. A professora aproveitou o sorriso da mulher para falar com um tom mais descontraído:

"Acho que caímos da cama, chegamos cedo demais!" disse ao olhar para o seu relógio de pulso. "Ainda falta meia hora para a reunião começar oficialmente. Gostaria que ficasse porque quero conversar algo com todos os pais juntos."

Ao retornar a sua mesa, a professora só queria se ocupar com alguma atividade. Por isso, começou a separar as provas e os boletins dos alunos em ordem alfabética. Terminou a tarefa e ainda não havia chegado mais nenhum pai ou mãe. Por um momento, pensou que ninguém mais viria, que ninguém se importava com uma reunião idiota depois que os filhos tinham desaparecido. Mas, no momento em que pensou nisso, mais alguns pais chegaram. E foram chegando cada vez mais, até quase não haver nenhuma carteira vaga.

A professora observou aquela sala cheia de adultos e reparou como certos pais eram muito parecidos com os seus respectivos filhos e filhas. Para alguns, não havia a mínima necessidade de perguntar quem era o seu filho ou sua filha. Em um devaneio, a professora imaginou que aqueles eram os seus alunos, só que anos mais velhos. Ela sentia muito a falta daquelas crianças também. Ela agradeceu a presença de todos e disse que gostaria de entregar as provas e os boletins dos alunos. Conforme ela fosse dizendo os nomes das crianças, os pais iriam buscar com ela lá na frente. A professora começou a dizer o nome dos alunos quando foi interrompida pelo pai do Caio, um dos alunos que estava jogando aviõezinhos de papel no dia do desaparecimento. Ele se levantou e disse:

"Nós não nos importamos com as notas dos nossos filhos, não precisa entregar essa baboseira."

A professora ficou sem graça, e não sabia o que dizer. No geral, as mães e os pais dos outros alunos também ficaram constrangidos com a grosseria. Até que a mãe de Julianna, uma menina fofa, mas que costumava falar muito em sala de aula, rebateu o pai do Caio.

"Então por que você veio para uma reunião escolar?"

O pai de Caio ficou sem resposta, sentou-se e fez uma expressão igualzinha a do filho ao ser contrariado. A professora agradeceu mentalmente a mãe de Julianna por ter respondido ao comentário daquele homem. Com isso, conseguiu retomar a palavra.

"Eu sei que notas são as coisas menos importantes no momento. Eu só gostaria de manter certa normalidade, mas logo vi que isso não é possível. Acho que aqui pode ser um bom lugar para conversarmos um pouco sobre o que todos nós estamos sentindo. Sei que não vieram por causa das notas, então gostaria de saber o que fez cada um de vocês acharem importante vir até aqui."

As mães e os pais dos alunos se entreolharam, como se procurassem qual deles ia responder primeiro. Até que o pai de Camila, que era a menina mais engraçada da sala, disse baixinho, mas como a sala estava em silêncio, todos ouviram:

"Acho que eu só estava buscando uma desculpa para fazer algo que fizesse eu me sentir pai de novo. Já não tenho minha filha para levar para a escola, não tenho mais minha menina para dar um beijo de boa noite."

Não sei se isso é possível, mas o silêncio de antes se tornou um silêncio mais silencioso ainda. A quebra do silêncio desta vez foi pela mãe de Danilo, o menino que tirava as notas mais altas da sala:

"Bem, eu nunca deixei de ir a uma reunião do meu filho, então achei importante vir nesta."

"E pensar que meu filho estava morrendo de medo de ficar de castigo se tirasse uma nota vermelha. Isso parece tão pequeno agora", comentou o pai de Felipe.

"Meu filho, quando era mais criança, achava que tirar nota vermelha significava que ele seria expulso da escola, como um cartão vermelho!", disse a mãe de Renan, e soltou um risinho meio sem graça.

"Se fosse assim, eu nunca teria completado nem o primário!", disse o pai de Daniela.

Nesse momento, os adultos na sala começaram a se permitir a rir um pouquinho. Parecia que ninguém ali ria ou abria um sorriso autêntico desde a tragédia do grande desaparecimento, então a professora ficou satisfeita que sua reunião estivesse tomando um rumo mais bem-humorado. Um pouco de leveza seria muito bem-vinda.

"Tive uma ideia: e se a gente batesse um papo sobre coisas engraçadas que a gente achava quando éramos crianças? Eu tinha planejado falar outras coisas com vocês, mas acho que estamos muito à flor da pele para uma conversa mais séria. Tudo o que precisamos agora é de uma conversa mais leve."

A sala se encheu de murmúrios de aprovação. Até o pai de Caio, que havia sido grosseiro com a professora num primeiro momento, estava fazendo um aceno positivo com a cabeça. E para a surpresa da professora, ele foi o primeiro a falar:

"Uma vez eu perguntei pro meu pai qual era a diferença entre motel e hotel."

"E o que ele respondeu?"

"Ele disse que hotel era pra passar vários dias e motel, só uma noite. Bem, eu fiquei satisfeito com essa explicação na época!"

"É uma boa resposta, ele não mentiu. Só não entrou em detalhes", comentou um dos pais.

A partir desse momento, outros começaram a se sentir à vontade para compartilhar seus pensamentos de criança também.

"Falando em motel, quando eu estava na terceira série, meu grupo tinha que fazer uma maquete da zona urbana e da zona rural. Fizemos uma casinha com a placa "motel" na zona urbana. A professora não explicou por que, mas disse que a gente tinha que tirar aquela placa."

O assunto de como aqueles adultos entendiam o sexo quando eram crianças rendeu mais comentários de mais algumas pessoas.

"Achar que camisinha é uma camisa pequena quando criança é um clássico."

"Eu achava que camisinha se colocava na boca pra beijar de língua."

"Pois é, eu achava que dava pra engravidar só de beijar na boca."

"Pra mim, sexo oral tinha esse nome porque durava horas!"

Quando a professora reparou, praticamente todos os adultos estavam conversando sobre o assunto.

"Eu achava que a lua me seguia no carro quando eu viajava."

"Eu também!"

"Nossa, eu também, me achava muito especial pra lua."

"Quando criança, uma vez eu perguntei pra minha mãe quem pintava as bananas na feira. Porque num dia estavam verdes, no outro, amarelas!"

"Falando em cores, eu achava que o mundo antigamente era em preto e branco. Oras, todas as fotos antigas eram assim, sem cores!"

"Faz sentido, faz total sentido."

"Eu tinha uma rapidez para responder que não tenho mais. Uma vez, eu estava correndo pela escola, acho que minha turma tinha sido liberada mais cedo, ou estávamos indo para algum outro lugar para uma atividade, não lembro direito. Só sei que eu não parava quieto e estava fazendo barulho enquanto as outras salas estavam tendo aula. Até que uma professora de outra turma, incomodada comigo, foi até o corredor e me disse, brava: "Isso aqui é lugar de correr?", lembro de ter olhado bem nos olhos dela e ter respondido todo folgadinho: "Ué... mas aqui não é o CORREDOR?", meu Deus, ela queria me matar! Acho que ela estava rindo internamente, mas resmungou qualquer coisa para eu sair de lá logo."

"Você era um gênio, sério, parabéns!", disse um dos pais para o que havia acabado de contar essa história.

"E quando perguntavam pra gente o que a gente queria ser quando crescesse? Eu respondia que queria trabalhar no pedágio, porque eu achava que o dinheiro ficava com a pessoa da cabine!"

"Eu queria ser caixa de mercado, pensava a mesma coisa, que o dinheiro ficava todo pra eles."

"Eu achava que turista era profissão! Queria ficar viajando pelo mundo e ganhar por isso."

"Engraçado que só perguntam o que a gente quer ser quando somos crianças. Sou adulta, mas ainda quero ser um monte de coisas", disse a mãe de Talita. Ela estava em silêncio desde que havia conversado a sós com a professora.

"Não seja por isso: o que você quer ser?", perguntou a professora. Ela estava surpresa com a súbita participação daquela mãe que tinha sido a primeira a chegar e parecia bem abalada.

Parecia que ela havia feito aquele comentário, mas não esperava que de fato alguém perguntasse isso para ela. O pequeno ânimo que teve para participar da conversa murchou. A professora só queria puxar mais conversa com ela, mas parece que sua pergunta a desanimou. A mãe de Talita ficou pensando por um momento.

"Agora, sem a minha filha, sinceramente, não estou com vontade de ser nada."

O desânimo se alastrou muito mais rapidamente do que o ânimo pela conversa. Parece que o que a mãe de Talita realmente precisava não era de uma conversa leve, mas sim de um desabafo. Por isso, depois de um momento, continuou falando.

"Sinto que não tive muitos momentos genuinamente felizes depois da infância. Claro, eu fiquei muito feliz quando a Talita nasceu. Em alguns dias, eu senti que ia explodir de felicidade. Tive muitos dias felizes porque coisas felizes aconteceram. Mas, quando eu era criança, eu era feliz sem precisar de um motivo, entendem? Eu era feliz por rodopiar sozinha. Eu era feliz só por acordar e levar meu cobertor comigo até a sala para assistir desenho. Eu era feliz só por existir. Eu não precisava estar nessa busca incessante da vida adulta para me sentir feliz. Quando você é criança, o mundo te deslumbra. Até que você se acostuma com ele e se torna uma pessoa mais apática", a mãe de Talita respirou um pouco, parecia que ela não falava direito há dias e agora estava colocando várias coisas para fora. Ela parecia hesitante agora, tinha acabado de se tocar que havia falado demais. Porém, ela parecia estar avaliando o que falaria a seguir e continuou. "Tem algo que eu conto para as pessoas, mas elas não entendem muito bem. Eu senti quando deixei de ser criança. Foi quando eu tinha 10 anos. Eu fiquei um pouco doente, uma gripe mais forte, e quando ela passou, eu senti que não seria mais feliz da forma que eu era até então. Sei que parece loucura, mas foi uma mudança interna. Sabe quando você pensa nas suas recordações de quando era criança e consegue sentir um gostinho de como era essa felicidade pura? Então, foi esse tipo de felicidade que eu lembro muito bem de ter deixado de sentir um pouco depois de eu completar 10 anos. É difícil de explicar, mas eu tive consciência de quando deixei de ser criança. Depois disso, senti que minha felicidade seria dependente. Isso mudou um pouco quando eu tive minha filha. Por meio dela, eu redescobri o mundo. Eu me deslumbrava com o deslumbramento dela. E eu senti o gosto da infância de novo. Agora que minha filha se foi, parece que ficou impossível ser feliz de novo."

Todos encaravam a mãe de Talita, sem palavras. Quando alguém se expressa demais, é como se a pessoa pegasse todas as palavras para si só. Porém, isso não é necessariamente egoísmo. Pense bem, isso é o que todos os poetas e poetisas fazem: se expressam demais, enquanto há pessoas que não conseguem escrever sequer uma linha sobre como se sentem. Isso não quer dizer que essas pessoas são frias, só significa que elas não conseguem colocar em palavras o que está por dentro. Sorte delas que existem pessoas que escrevem canções e poemas com os quais todos podem se identificar. Por isso, não se sinta ofendido se alguém se expressar demais de forma autêntica e com um bom coração. Esse tipo de pessoa é porta-voz do que todo ser humano sente e contribuirá para expressar sentimentos universais. Isso não quer dizer que todos os pais se identificaram com tudo o que a mãe de Talita disse, mas por ela ter se expressado muito bem, foram capazes de entender como ela se sentia.

Alguns pais começaram a se abraçar. A maioria com os olhos lacrimejantes. A professora também recebeu alguns abraços e teve certeza que aquela última reunião era muito importante. Um pouco depois, quando ela olhou para sua mesa com as provas e boletins, ela não pôde deixar de concordar com o pai de Caio. Aqueles papéis eram uma baboseira.

.

# 8 - O QUE SE LEVA CONSIGO

Cara leitora ou leitor, o começo deste capítulo não tem nada a ver com o capítulo em si, mas imagino que talvez vocês estejam curiosos para saber como está a grávida do começo deste livro. Sim, aquela que o bebê desapareceu bem na hora do parto. Ela não vai aparecer mais nessa história, mas gostaria de oferecer uma pequena atualização sobre a moça. Lamento dizer que ela não está bem, como já era de se imaginar. Porém, ela não está tão mal quanto daquela vez em que o primeiro bebê dela morreu pouco depois do parto. Não, não é que ela se acostumou com a dor de perder um bebê muito prematuramente. Há coisas ruins que podem nos acontecer na vida que serão sempre muito dolorosas. O fato de ela não estar tão mal é simplesmente porque, desta vez, não foi algo que aconteceu só com ela.

Por favor, não julguem a coitada. Vou dar um exemplo para vocês. Imagine que no seu grupo de amigos, todo mundo tem um emprego menos você. Até que um de seus amigos também perde o emprego. Claro que você não vai ficar feliz por seu amigo ter perdido o emprego, mas, inevitavelmente, você vai passar a ter um sentimento de que não está mais sozinho. Talvez comece a pensar que se manter em um emprego esteja difícil mesmo, que não é necessariamente sua culpa que você esteja desempregado. Você vai ter alguém que possa entender melhor as suas amarguras. E foi algo parecido que aconteceu com a grávida do começo da nossa história. Desta vez, ela viu que o fato do bebê dela ter desaparecido não foi um ataque divino pessoal, já que o mundo todo estava passando por isso. Já o caso do seu filho natimorto foi bem diferente. Ela não conhecia nenhuma mãe que houvesse passado pela mesma experiência. E nem desejava que alguém passasse pela mesma coisa que ela passou! Porém, inevitavelmente, desta vez, que o mundo todo havia sofrido esse tipo de perda, ela se sentia menos sozinha e mais compreendida.

Retomando a história, voltemos para o acampamento de refugiados. Já fazia mais de duas semanas desde aquela terrível madrugada do grande desaparecimento. Mas não havia uma noite sequer em que os pais de Beatriz não ouvissem choros baixinhos vindos de outras barracas. Às vezes, o choro vinha da própria barraca deles. Eles estavam muito aflitos. Não tinham meios de saber se Beatriz tinha desaparecido ou não, estavam incomunicáveis no meio dessa merda de conflito sem sentido. Também estavam com muito medo. As poucas notícias que chegavam até eles diziam que o número de bombardeios na região ia aumentar cada vez mais. A existência das crianças nunca impediu que a violência e a guerra existissem, mas parece que, sem nenhuma criança no mundo, os poucos escrúpulos que existiam iriam por água abaixo e o planeta sofreria tempos muito sombrios de violência, guerra e terrorismo.

Os dois estavam esperando o navio cargueiro que sairia do país no dia seguinte. Era tudo muito arriscado. Eles tinham gasto todo o resto do dinheiro deles nessa viagem maluca, mas era a única alternativa que eles tinham para fugir daquele caos e, provavelmente, entrar em outro. Pelo menos o novo caos os levaria para mais perto de Beatriz, se ela não tivesse desaparecido.

Hoje, eles já estavam arrumando os pertences que tinham. Mais por ansiedade do que necessidade, já que havia tão pouca coisa para arrumar agora. Outras duas pessoas do acampamento iam com eles. Eram os pais de Lia, uma menina de 16 anos que estava no acampamento, mas havia desaparecido. Nos primeiros dias, eles tinham a esperança de que aquilo fosse só um pesadelo e que a filha deles voltaria, juntamente com todos os outros menores de 18 anos. Os dias foram se passando, e a esperança que é a última que morre, enfim morreu. Os pais de Lia não tinham mais o que fazer naquele país e, com o perigo cada vez mais próximo, ir embora com os pais de Beatriz parecia a melhor decisão a se tomar.

A costa de onde sairia o navio cargueiro ficava a 10 quilômetros do acampamento e eles teriam que ir a pé até lá. Então, de certa forma, era bom que eles já estivessem arrumando os pertences hoje, pois tinham uma boa caminhada para fazer no dia seguinte e os quatro estavam longe de estarem em suas melhores formas. Todo mundo do acampamento não sabia o que era uma boa refeição há meses. Quando a guerra chegou às cidades e instaurou o caos, o governo começou um programa de ajuda humanitária. Caminhões com água e comida visitavam os acampamentos e distribuíam sustento e alguns produtos de higiene básica, mas muitas vezes faltava. Algumas ONGs também ajudavam como podiam, mas, no meio de um conflito, era um trabalho muito arriscado. Certa vez, ouviram no radinho de pilhas do senhorzinho do acampamento que um desses caminhões havia sido sequestrado por extremistas. Mataram o motorista com uma facada no pescoço e jogaram o caminhão com todos os suprimentos num lago, sem levarem nada, só por maldade. Essa maldade, segundo os extremistas, tinha outro nome: fé.

Apesar de o navio partir no dia seguinte, ainda havia muitas dúvidas a respeito dessa viagem arriscada. A mãe de Lia queria saber quem era o cara que oferecia esse tipo de transporte ilegal. O pai de Beatriz disse que era um homem que trabalhava para uma transportadora e que muitas pessoas da empresa dele estavam envolvidas nisso, que só queriam ajudar as pessoas a saírem daquela situação horrível. A mãe de Lia apontou o fato de que, se eles só queriam ajudar, então não deveriam cobrar nada deles por essa viagem em situações precárias. Uma viagem que eles fariam como se fossem cargas, não passageiros. O pai de Beatriz não sabia o que responder, mas a mãe de Lia entendia. Era o único plano que eles tinham.

Outro ponto debatido era o tempo de viagem. O pai de Lia estava muito preocupado, pois achava que demoraria meses para cruzarem mares e oceanos, já que nunca havia andado de navio e a única referência que tinha de duração de viagem marítima era o tempo que as caravelas levavam no período das grandes navegações. A mãe de Beatriz, que era professora, soltou um riso leve por causa da preocupação do pai de Lia. Não era um riso arrogante ou num tom como se ela se achasse superior, era apenas um riso como o que damos quando alguma criança fala algo com ingenuidade, ou se preocupa por algo desnecessariamente. Ela esclareceu que, hoje em dia, os navios eram muito mais rápidos e que a viagem duraria em torno de dez dias. Pode ser estranho para o leitor ou a leitora que exista algum momento de riso em uma situação tão complicada como a que os quatro estão, mas o ser humano é assim mesmo, feito de momentos. E rir por um momento não quer dizer que a situação é menos grave ou triste. Só quer dizer que pode haver momentos de alívio, da mesma forma que pessoas depressivas podem gargalhar, mas não deixam de ter depressão.

Os outros do acampamento não tinham coragem, dinheiro ou coragem de gastar dinheiro numa viagem dessas, mas desejavam boa sorte aos quatro. Inclusive, organizaram uma despedida para eles. Uma moça do acampamento tinha um violão, então várias pessoas se reuniram em roda e cantaram algumas músicas que remetiam a tempos de paz do país. E dentre essas músicas, não deixaram de cantar as músicas infantis que faziam parte da cultura deles. Apesar de terem cantado essas músicas infantis mais como um meio de prestar uma homenagem às crianças que não estavam mais lá, perceberam que algumas eram de fato muito boas e eles, como adultos, ainda gostavam bastante delas.

A despedida não pôde durar tanto porque todos tinham medo da noite. Com o silêncio, não era raro ouvir barulhos distantes da guerra. Além disso, os quatro não podiam dormir muito tarde porque acordariam cedo no dia seguinte e teriam um dia cansativo pela frente. Quem dera fosse apenas um dia cansativo, na verdade, os dias cansativos estavam apenas começando.

Durante a noite, a mãe de Beatriz sonhou com a filha. Era como numa brincadeira de esconde-esconde, só que sem fim. Ela encontrava a filha nos lugares mais inusitados possíveis, para, logo em seguida, Beatriz sumir de repente. Atrás de um bebê de brinquedo gigante, dentro de uma caixa com os dizeres "achados e perdidos", dentro de um canhão, como se ela fosse uma daquelas artistas de circo, e o lugar mais grotesco de todos: sua própria barriga. Era como se ela estivesse grávida de Beatriz de novo, só que desta vez ela já nascia adolescente, cheia de sangue, mas chorando como um bebê. Quando o choro ficou alto demais, ela desapareceu e a mãe acordou sobressaltada.

"O que foi?"

"Nada, só um pesadelo."

O pai de Beatriz observou a mulher enquanto ela se ajeitava para voltar a dormir. Esperava que, ao amanhecer, ela esquecesse qualquer que fosse o pesadelo que havia tido. Os momentos acordados já eram difíceis o suficiente. Desejou que a mulher sonhasse algo bom e, depois de um tempo, caiu no sono.

Acordaram com a claridade da manhã que invadia as frestas da barraca. Alguns minutos depois, já haviam se encontrado com os pais de Lia para começarem a caminhada até o navio cargueiro. Os pais de Beatriz estavam gratos por terem outro casal como companhia, mas a diferença de espíritos entre os dois casais era tangível. Um casal tinha muito mais força de propósito do que o outro. Os pais de Beatriz tinham a esperança de encontrarem a filha. Ela podia muito bem ter completado 18 anos alguns momentos antes do grande desaparecimento, mas isso ainda era uma dúvida. Os pais dela desejavam que a filha não tivesse nascido num horário tão próximo desse fenômeno inexplicável. As probabilidades de os horários coincidirem eram quase como de acertar todos os números da loteria. Que sorte azarada! Porém, quando eles olhavam para os pais de Lia, tão abatidos, que tinham certeza que a filha havia desaparecido porque ela só tinha 16 anos, os pais de Beatriz percebiam que era melhor o benefício da dúvida que tinham.

Ainda era manhã, mas o sol já estava torrando a cabeça dos quatro. Enquanto caminhavam, a princípio, não conversaram muito. Sabiam que iria ser uma longa caminhada e que teriam sede, pois não tinham muita água com eles. Contudo, o mesmo silêncio que pode trazer paz, também pode incomodar. O pai de Beatriz se deu conta de que eles não conheciam muito bem os pais de Lia, então, resolveu aproveitar a caminhada para conhecer melhor as duas pessoas que os acompanhariam.

"O que vocês faziam? Sabe... antes de tudo isso."

"Eu era assistente social. Trabalhava mais na área de adoção de crianças. Engraçado, né? Agora não tem nenhuma criança para adotar. Ouvi dizer que estão aumentando a idade de pessoas que podem ficar em orfanatos para 21 anos", disse a mãe de Lia.

"Eu era motorista, mas estava desempregado há um tempo. Estava sendo dono de casa", disse o pai.

"Eu era ginecologista e minha mulher professora."

É desta forma que adultos se definem: profissões. A mãe de Beatriz não contou que, além de professora, era muito boa em cuidar do pequeno jardim da casa ou que tinha a memória muito boa, nunca esquecia o aniversário de ninguém! A mãe de Lia não disse que dançava muito bem e que tinha o talento de acalmar as pessoas com seus conselhos. O pai de Beatriz não falou nada sobre o quanto ele amava música e como sabia tocar violão muito bem. O pai de Lia não revelou que era um cozinheiro de mão cheia e que tinha uma memória fotográfica excelente.

"Quando eu era criança, eu sempre quis andar de navio. Nunca pensei que a primeira vez fosse ser assim", disse a mãe de Beatriz.

"Você nunca andou? É tranquilo! Bem, eu andei faz muito tempo, quando eu era criança. Algumas pessoas passam mal por causa do movimento do mar, mas varia muito de pessoa pra pessoa. Mas, pensando bem, vai ser minha primeira vez num navio dessa forma, escondida."

Os quatro chegaram num trecho mais arborizado, o que foi um alívio, já que teriam um pouco de sombra no trajeto. O peso das coisas que traziam consigo não era um infortúnio. O infortúnio era terem tão poucos pertences hoje em dia. Primeiro, não conseguiram tirar muitas coisas às pressas quando souberam que o bairro deles corria o risco de ser bombardeado. Depois, perceberam que teriam que se desfazer de algumas coisas, pois precisavam se manter em movimento e muitos pertences atrapalhariam no processo.

Uma das agruras de ser refugiado, nessas circunstâncias, era esta: além de não ter um lar para si para se abrigar, também não ter espaço para guardar as coisas que contam sua história. Perdem-se documentos, fotos, bens de valor sentimental, roupas e diversos outros pertences. Pode parecer besteira falar sobre isso quando há tanta gente morrendo na guerra, mas, se analisarmos bem, quantas vezes não reclamamos de coisas pequenas mesmo sabendo que há coisas muito piores no mundo? Dito isso, lembremos que refugiados também têm inúmeros problemas além do risco de morrerem ao continuarem no país do qual precisam fugir.

Aos poucos, foram avistando outras pessoas ao longe que pareciam estar indo para o mesmo lugar que eles. Tudo indicava que eles estariam cheios de companhia. Em certo ponto, viram-se praticamente lado a lado de outras pessoas. A princípio, não falaram nada, com medo de que revelassem que estavam prestes a fazer uma viagem ilegal, mas o outro grupo trocava o mesmo olhar de desconfiança com eles e essas outras pessoas também estavam com malas improvisadas, como se fossem viajar. A iniciativa de trocarem algumas palavras veio de uma moça do outro grupo, muito jovem. Parecia que ela tinha escapado por pouco do grande desaparecimento.

"Olá, com licença. Vocês estão indo para a costa também? Tudo bem se nós seguirmos vocês? Não temos muita certeza do caminho."

"Claro, não tem problema", respondeu a mãe de Beatriz, mas trocou olhares preocupados com os outros três, ainda desconfiada.

O outro grupo não parecia suspeito, mas quando o seu país entra em colapso e tudo o que parecia seguro, já não é mais, fica mais difícil confiar nas pessoas. O outro grupo era composto pela moça, um menino que parecia ser um pouco mais velho que ela, uma mulher mais velha, um senhor e, surpreendentemente, um cachorro. Os pais de Beatriz e os pais de Lia continuaram o percurso em silêncio, não queriam que o outro grupo soubesse muito sobre eles. Porém, os quatro não conseguiram deixar de imaginar qual seria a relação entre aquelas outras quatro pessoas do outro grupo. O que mais ficou na cabeça da mãe de Lia foi o cachorro. Ela pensava consigo mesma se haviam permitido a entrada do cachorro no navio cargueiro, caso eles realmente estivessem prestes a fazer a mesma viagem que eles. O pai de Lia notou que, apesar do senhor ter feições de uns 70 anos de idade, tinha disposição para a caminhada e seu corpo não parecia tão velho quanto o rosto. A mãe de Beatriz achou a moça e o menino muito parecidos, provavelmente deveriam ser irmãos. Desde a noite do grande desaparecimento, ela não via pessoas tão jovens quanto aqueles dois. Ver esses jovens a fez pensar em algo que não tinha passado pela sua cabeça antes: se Beatriz não tiver desaparecido mesmo, então sua filha é uma das pessoas mais jovens do mundo atualmente. Desejou, do fundo do seu coração, que Beatriz ainda estivesse neste mundo. O pai de Beatriz não era muito de observar as pessoas, mas como médico ginecologista, olhou para a mulher de meia idade e achou que ela era a mais debilitada do grupo, apesar do senhor ser visivelmente mais velho que ela. Será que ele era o pai dela? Não se pareciam muito.

O cachorro seguia o grupo sem coleira, com o focinho adoidado cheirando quase tudo que estava no caminho. Às vezes, a menina tinha que chamá-lo para que ele não ficasse muito para trás. Ela chamava-o de "au au". Os pais de Beatriz e os pais de Lia ficaram na dúvida se o cachorro não tinha nome ou se "Au Au" era de fato o nome dele. A mulher do outro grupo deveria ter em torno de 45 anos e estava com uma cara de quem não havia dormido direito durante dias. O menino a ajudava em alguns trechos do caminho que tinham algumas raízes ou rochas no solo que poderiam fazer alguém tropeçar, principalmente se a pessoa estivesse como no estado em que ela estava. O senhor, por outro lado, fazia a caminhada com tanta facilidade quanto os dois jovens. Era estranho conhecer pessoas novas depois de meses no acampamento só com rostos familiares. Parecia que cada detalhe do outro grupo era intrigante, por menor que fosse.

Finalmente, avistaram o porto e o navio cargueiro. Ambos pareciam meio velhos. O navio estava com a pintura desgastada, com manchas marrons de metal enferrujado. Conseguiam reparar nisso mesmo de longe. A dúvida de o quão segura seria aquela viagem passou pela cabeça de todos, mas ninguém quis verbalizar aquela ideia naquele momento em que estavam quase chegando e se encontravam cansados.

Uma pequena multidão já se formava próxima ao navio, deviam ser umas cinquenta pessoas. Não era um navio cargueiro muito grande, então, como já imaginavam, seria uma viagem nada confortável. O cachorro adiantou-se e foi correndo para a multidão. A menina correu atrás do cachorro. Depois de alguns instantes, ela parecia discutir com um dos homens que tentavam organizar o embarque. Quando os outros se aproximaram, perceberam que se tratava de uma discussão sobre o cachorro.

"Mas eu avisei o outro moço que tínhamos um cachorro, ele falou que se fizéssemos ele se comportar, não teria problemas."

O homem olhava o cachorro com um ar irritado, como se achasse uma babaquice alguém ter um animal de estimação e, pior ainda, querer levá-lo para onde quer que fosse. O cachorro farejou os pés do homem.

Tudo foi muito rápido, no momento seguinte, o homem deu um chute no animal que saiu ganindo alto.

"Ei, como ousa fazer isso com o cachorro da minha neta?", disse o velho aproximando-se para encarar o homem olho no olho.

A cena chamou a atenção da multidão de refugiados, que olharam tentando entender o que estava acontecendo. Alguns tinham visto o chute no cachorro e murmuravam entre si. Outro homem se aproximou.

"O que está acontecendo aqui?"

"Era você, você foi o moço que falou que tudo bem eu trazer o meu cachorro!", disse a menina, fitando com raiva o homem que havia dado o chute. "Ele chutou o meu cachorro!"

"Essa peste veio me cheirar. Esse bicho só vai atrapalhar, vai ficar com cheiro de cão molhado, vai importunar os outros."

"O cão nem revidou o seu chute, ele poderia muito bem ter te mordido e com razão. Mas o Au au aqui é tão dócil que só se afastou e ficou atrás da minha neta, apavorado."

O outro homem soltou um suspiro. Não deveria ser a primeira vez que aquele colega ignorante lhe causava problemas.

"Não tem problema vocês embarcarem com o cachorro. É só o que eu disse mesmo: tomem conta dele, nem todo mundo gosta de cachorro", explicou o homem, ignorando o outro que esbravejava.

"Certo, se esse cachorro incomodar alguém ou ficar doente, jogo ele no mar!"

"Vá ver se falta embarcar alguma carga no navio, vai! Deixe que eu cuido das pessoas", quando o homem se afastou, o outro mudou a voz para um tom mais gentil. "Não liguem para ele, se tiverem algum problema, me chamem. Por favor, entrem nessa fila."

Os oito mais o cachorro seguiram em frente para a fila. A mulher de meia idade do outro grupo, que estava com certa dificuldade na caminhada, estava com um olhar preocupado. As palavras do homem grosseiro, que havia dito que jogaria o cachorro para o mar caso ele ficasse doente, ficaram ecoando dentro da cabeça dela. Será que aquela regra se aplicava a humanos também?

# 9 - FATAL

A busca por respostas sobre o misteriosíssimo evento do grande desaparecimento continuava. Infelizmente, a ciência não conseguia obter nenhuma resposta. Já as diversas religiões tinham os seus palpites, mas isso não é novidade. As religiões sempre tiveram os seus palpites que, pelos seus crentes, são considerados verdades absolutas. Mas a única coisa verdadeiramente absoluta nessa história é a irrefutável evidência de que todos os menores de 18 anos haviam desaparecido e, desde então, nenhuma criança havia nascido.

Os jornais do mundo todo noticiavam que havia se passado um mês desde o grande desaparecimento. Não havia sequer uma mulher grávida no mundo inteiro, apesar de algumas insistirem no contrário. Algumas reportagens foram feitas com essas mulheres, e todas, na verdade, tinham uma gravidez psicológica. Os cientistas estavam intrigados com essa infertilidade que, biologicamente, não tinha uma explicação. Porém, outra coisa intrigante era que todos os outros animais estavam se reproduzindo normalmente. Era algo pessoal com o ser humano mesmo.

O meio científico estava inquieto. Não era como se fosse a primeira vez que a ciência não tivesse uma resposta. Aliás, a ciência admitia que tivesse muito mais perguntas do que respostas, mas era a primeira vez que algo que sempre funcionou de um jeito, que é a reprodução humana, havia parado de funcionar num piscar de olhos. Mudou abruptamente, sem mais nem menos. E o mundo todo olhava ansioso para os cientistas, como uma criança que pergunta algo para os pais e espera que os adultos sempre tenham uma resposta. A diferença é que, quando os pais não sabem alguma coisa, geralmente, eles inventam algo só para não decepcionar os filhos. Os cientistas não podem inventar respostas. Então, pressionados pelas pessoas, eles começaram a pensar em formas de contornar o problema.

Acho engraçado como nós, humanos, nos achamos muito inteligentes e capazes. Mas, sinceramente, toda a tecnologia e coisas que temos hoje se devem ao fato de uma pequena parcela da população: os gênios (ou gênias). Acho incrível como conseguimos passar todo o conhecimento científico, que é um verdadeiro patrimônio da humanidade, de geração para geração. Não importa que pessoas geniais morram, sempre vão nascer novas pessoas tão capazes quanto para perpetuar os nossos conhecimentos. Se as coisas dependessem de mim, narrador, até hoje não teríamos inventado a roda, muito menos computadores, televisões e até mesmo um simples lápis. Estaríamos ainda escrevendo com pedra nas cavernas.

O problema é que agora ninguém mais nasceria, inclusive as pessoas geniais. Logo, os cientistas e gênios de hoje precisavam pensar rápido para contornar o problema. Por isso, uma reunião com cientistas do mundo todo foi marcada para buscarem, compartilharem, investigarem e, se possível, aplicarem novas ideias. Uma enorme quantidade de pesquisas foi realizada no mundo todo, envolvendo pessoas de todas as etnias e diversas idades e, em nenhuma pesquisa, achou-se alguma resposta para a infertilidade humana mundial. Parecia que só havia uma alternativa. Uma que mexeria com questões éticas, ou que poderia ser contestada por diversas religiões. Até mesmo a lei poderia se colocar no caminho, mas esse era o menor dos problemas, porque leis podem ser mudadas. Não era algo que nunca havia sido feito com animais, mas seria muito mais arriscado e complexo com humanos.

"Bem, isso já foi feito com mamíferos", ponderou um cientista.

"Mas todos viveram pouco, cheios de deficiências, sem capacidade de reprodução. Não sei se a ciência será capaz. Isso pode muito bem ser um investimento furado. Provavelmente, fazer isso com humanos pode ser tão difícil quanto fazer com animais em extinção", contrapôs uma cientista.

Geralmente, naquele tipo de conferência científica, havia

empolgação e quase uma guerra de egos para mostrar quem sabia mais. Porém, aquela conferência fazia todos os cientistas e pesquisadores se sentirem imbecis. A ciência, frequentemente, era acusada de brincar de Deus. A medicina já foi vista como bruxaria, houve resistência no começo e ainda há ignorância em relação a vacinas, por exemplo. Mas agora, a ideia que todos daquela sala estavam discutindo faria com que a ciência e a medicina entrassem em outro patamar de polêmica. No fundo, sabiam que não tinham outra opção e temiam como o anúncio iria repercutir no mundo.

"Quem seria a primeira cobaia?"

"Alguém famoso, talvez. Alguém que pudesse influenciar várias pessoas de que seja uma boa ideia."

"Talvez seja melhor tentarmos com alguém completamente desconhecido. Imaginem se algo der errado relacionado a uma pessoa famosa!"

"Será que devemos tentar dentro do organismo de uma mulher ou já devemos descartar essa ideia? Criar um útero artificial será bem complexo."

"Acho que precisamos tentar pelo meio menos artificial primeiro, dentro de uma barriga. Mesmo que haja grandes chances de dar errado."

"Então, seria o núcleo de uma célula dessa pessoa famosa dentro de um óvulo vazio para se desenvolver dentro de uma mulher, certo? A grávida teria que ser famosa também? E se a grávida famosa morrer?", disse um homem.

Neste momento, uma cientista se revoltou.

"Você está sugerindo que a grávida não deva ser famosa porque, se morrer, menos mal?"

Uma discussão começou entre a comunidade científica presente. Eles sabiam que seria um assunto polêmico e complexo, mas esperavam que as brigas acontecessem quando anunciassem a ideia para o mundo, e não que seria uma briga interna. Até que a presidente da reunião interrompeu todos.

"Acalmem-se. Gestante famosa ou não, a vida deve estar em primeiro lugar. Ainda mais no mundo em que estamos vivendo agora, no qual a geração de novas vidas humanas é nula. Então, acredito que, mesmo que seja mais complexo, tentaremos recriar um útero artificialmente. Depois, provavelmente vão surgir voluntárias que queiram oferecer suas barrigas. Pagaremos uma grande quantia. Já a pessoa que vai doar a célula não corre perigo de vida algum, então, depois nos preocupamos com isso. Senhoras e senhores, a clonagem humana será uma realidade."

---

No livro *Admirável Mundo Novo*, de Aldous Huxley, os bebês nascem fora do corpo das mães e as palavras "mãe" e "pai" caem em desuso. E, pra ser sincero, essa é a única coisa que lembro sobre o livro. A nossa memória é muito limitada, por isso, fico surpreso com como os seres humanos conseguem passar quantidades enormes de conhecimento de geração para geração, como eu havia comentado antes. Mas enfim, o motivo de eu ter citado este livro é que muitos membros da comunidade científica acreditavam que o mundo real se tornaria parecido com o mundo criado pelo Huxley. Vários clones por aí, provavelmente de pessoas ricas narcisistas que teriam condições de encomendar clones de si mesmas gerados por úteros artificiais. Mas seria muito estranho se considerar pai ou mãe do seu próprio clone, então, não existiriam mais os termos "pai" e "mãe".

O instinto de sobrevivência tinha chegado num patamar estranho. Dependia completamente da ciência e de meios artificiais. E os clones seriam apenas cópias sem almas? Mais do mesmo do que já existia, sem variação genética? Isso não deveria ser bom para perpetuar a espécie. A dança de genes seria interrompida. Não era uma boa ideia, de forma alguma. Talvez pudesse fascinar algumas pessoas. Talvez famosos que já tivessem morrido pudessem voltar à vida. Claro que não seriam as mesmas pessoas porque teriam outras vivências, mas seria interessante ver uma criança crescendo com as feições idênticas de alguém que já morreu. Mas seria um procedimento elitista, os mais pobres não iriam conseguir pagar para gerar descendentes. Bem, descendentes com exatamente o mesmo código genético. Não sabiam se dava para chamar isso de família. A clonagem era um plano ruim, mas era o único plano que a ciência tinha.

Tudo isso passou pela cabeça dos cientistas, seria uma tremenda polêmica. Seria... Porque não precisaram chegar na etapa de divulgar para o grande público. Fizeram tudo que sabiam e mais um pouco. Seguiram os mesmos procedimentos que haviam feito com animais. Foram além, conseguiram criar um útero humano artificial, mas nada funcionava. Clonaram diversos mamíferos e chegaram até ao ponto de conseguirem recriar um filhote de mamute, que, infelizmente, morreu em poucos dias. Mas era um feito incrível e inédito, tinham conseguido dar vida a um ser que estava há muito tempo em extinção. Mas não divulgaram para o mundo, o feito levantaria suspeitas do que realmente eles estavam planejando. Toda a lógica animal parecia não funcionar para o ser humano, que devemos lembrar que também é um animal. É um animal que acha que evoluiu demais. A única coisa que o ser humano fez demais foi complicar as coisas. Inventou dinheiro, imposto de renda, reconhecer firma, religiões, países, propriedade privada e até uva passa!

A lógica da clonagem não funcionava para o ser humano. Da mesma forma que a ciência não conseguia explicar por que ninguém mais nascia, mesmo que biologicamente tudo parecesse normal, também não conseguiam explicar por que não obtiveram um único avanço no projeto de clonagem.

Nada conseguia contornar o destino humano que, de repente, havia ficado mais próximo. Algo ou alguém resolvera abreviar a existência humana e nem se deu ao trabalho de fazê-lo com uma explicação verossímil. Daqui a algumas décadas, não haveria mais década nenhuma para os seres humanos. O que era fatal tinha nome: extinção.

# 10 - AVÓ

Minha família nunca mais foi a mesma sem o Juca. Quando uma pessoa próxima morre, é tão estranho ver o mundo sem ela. A indiferença da rotina e do tempo que continuam é cruel, mas é uma crueldade necessária. Senão, nunca conseguiríamos seguir adiante. Só que o Juca não morreu. Se ele tivesse morrido e fosse algo que tivesse acontecido apenas com minha família, eu entenderia mais facilmente o fato do mundo continuar rodando e funcionando. Mas era um acontecimento global. Não havia mais jovens e crianças no mundo, mas, mesmo assim, ele continuava. Não, ele não continuava como se nada tivesse acontecido. Mas continuava com as mesmas preocupações e urgências de sempre. Ouviam-se coisas como: "O quanto a economia foi afetada? Eu não gostava de criança mesmo. Nossa, bem melhor, agora tudo está mais vazio."

Acho que pouca gente estava se tocando que isso significava que, sem um início, também teríamos um fim. Por um lado, eu entendia. Sem meu irmão, a vida passou a fazer menos sentido, também não me importava tanto com o fim. Mas me importava com minha mãe e ela estava péssima. Acho que ela não tinha noção do quão ruim ela estava, então, talvez fosse melhor assim. Percebi a gravidade do problema dela quando decidimos ir para a casa da minha avó.

Meu pai só falava o estritamente necessário. Parecia que estava num jogo em que era proibido falar mais do que cem palavras por dia. Por isso, quando ele me chamou, até tive um sobressalto pela quebra do silêncio.

"Sua mãe quer visitar sua avó. Não a vimos desde tudo o que aconteceu. Vá fazer sua mala porque sairemos amanhã de manhã."

Respondi apenas com um aceno de cabeça. Para ser sincero, eu também estava economizando palavras, mas percebia menos isso em mim porque eu andava conversando muito comigo mesmo na minha mente. Entrei no meu quarto para separar algumas coisas para levar. Eu não gostava de ficar mais no meu quarto porque todas as coisas do Juca ainda estavam lá intocadas. Algumas coisas dele também eram minhas. Às vezes, era difícil saber o que era meu e o que era dele, então, desde que ele sumiu, parece que eu sumi um pouco também. De repente, decidi que abriria o armário dele. Peguei as roupas que ele mais gostava de usar e fui colocando na minha mala. Resolvi que seria um pouco ele. Ou um muito porque éramos idênticos. E, então, as lágrimas quase vieram. Deve ter sido o cheiro dele que ainda estava lá, ou a visão que eu tinha dele usando cada peça de roupa que eu pegava e colocava na minha mala. Detive-me por um momento, ouvi a voz da minha mãe e segurei o choro antes que ele viesse. Fui até o quarto dos meus pais e ela sorriu para mim, mas era um sorriso afetado. A mala da minha mãe estava aberta em cima da cama. A mala estava toda desarrumada.

"Filho, você acredita que estava pensando na minha idade e não consigo me lembrar?! Quantos anos eu tenho?"

"Você tem 46, mãe. Está tudo bem?"

Ela ignorou minha pergunta. Primeiro, pareceu surpresa com a própria idade, e voltou a franzir a cara como se estivesse com outra dúvida.

"Cadê o Juca? Fala pra ele que ele também tem que fazer a mala!"

Olhei nos olhos da minha mãe e vi que não era brincadeira. E ela nunca brincaria com uma coisa dessas. A memória dela estava pior a cada dia, mas eu não conseguia acreditar que, de um dia para o outro, ela esqueceu o que havia acontecido com o Juca e com o mundo. Como responder aquela pergunta para minha mãe? Resolvi fingir que estava tudo normal, com a esperança de que ela se lembrasse sozinha do que havia acontecido.

"Vou falar", e fui para o quarto fingir que o encontraria ali. E, por um segundo, achei que tinha encontrado mesmo quando me vislumbrei no espelho do quarto. Continuei arrumando a minha mala e, quando meu pai passou pela porta do meu quarto, aproveitei para chamá-lo.

"Pai, você sabe que a mãe não está bem, né?"

"Eu acho que seria bom sua mãe passar uns dias lá na avó. Talvez a companhia da mãe ajude ela a ficar melhor da cabeça. Até separei mais roupas dela pra ela ficar lá e comentei com sua avó."

Eu não achava que fosse uma má ideia do meu pai. E, certamente, minha avó ia ficar feliz de ficar mais tempo com minha mãe. Mas algo me incomodava. Parecia que minha mãe tinha virado um fardo que meu pai estava arranjando um jeito de se livrar, pelo menos por um tempo. Talvez não fosse isso, talvez ele só estivesse realmente pensando no que fosse melhor para ela. Acho que o que me incomodava era a ideia de ficar só eu e meu pai em casa. A casa já estava muito vazia sem o Juca, não fazia sentido na minha cabeça a família se separar nesse momento.

"Então acho melhor eu separar mais roupas pra mim também. Passar um tempo lá na casa da minha avó. Não tenho nada para fazer aqui, por enquanto. Terminei a escola e não sei que curso fazer agora", menti. Eu sempre quis fazer matemática, mas agora, pra falar a verdade, não queria fazer nada.

"Certo, tudo bem", disse com certa solidão na voz. Ele ia saindo do quarto quando, de repente, voltou. "Me desculpe por não ter estado presente no aniversário de vocês. Eu me atrapalhei no trabalho, mas eu deveria ter dado um jeito."

"Tudo bem, pai. Não tem problema, você está aqui agora."

Meu pai abriu um sorriso sem graça que logo murchou. Começamos a ouvir minha mãe chamando pelo Juca de novo.

"Temos que relembrar o que aconteceu para a sua mãe."

Tentamos relembrar o que havia acontecido aos poucos, primeiro falando de todos os menores de 18 anos que sumiram para ver se ela chegaria à conclusão sozinha de que o Juca havia sumido também. Mas ela só ficou com uma expressão confusa. Nós não poderíamos culpá-la. Era uma história absurda mesmo. Meu pai cuidadosamente prosseguiu.

"O Juca não completou 18 anos a tempo. Ele sumiu também, lembra?"

Vi uma expressão quase infantil no rosto da minha mãe, como a de uma criança que faz um beicinho pouco antes de chorar de vez.

"Meu filho? Desaparecido? Temos que espalhar cartazes por aí, precisamos encontrar o Juca!", e desatou a chorar, soluçando de desespero. O dano já havia sido feito, decidi tentar explicar o mais rápido que eu podia.

"Me escuta, mãe! Não tem como encontrar o meu irmão, ele sumiu bem na nossa frente, no nosso aniversário, lembra?"

Deixamos minha mãe chorando, observando de coração partido. O que restava era esperar o choro cessar. Quando ela começou a se acalmar, pediu para que nos aproximássemos e lá ficamos nós três, abraçados.

---

Era engraçado pensar que crianças não dirigiam, mas mesmo assim, viam-se menos carros na rua e na estrada. Claro, muitas pessoas usavam mais o carro para transportar os seus filhos. Não andamos muito de carro desde o grande desaparecimento, então, eu ainda estranhava eu estar sozinho no banco de trás. Geralmente, o Juca estava do meu lado. Lembro que, quando éramos criança, nós dois cabíamos deitados no banco de trás. Conforme fomos crescendo, cochilar no carro passou a ser mais desconfortável. Agora, eu tinha mais espaço para mim, mas a constância da estrada não estava me dando sono. Eu tinha muitas coisas na cabeça.

No banco do passageiro, minha mãe dormia. Meu pai e eu estávamos secretamente aliviados por isso. Ela voltou a tomar alguns calmantes que ela tinha depois de receber o choque de descobrir de novo que um dos seus filhos tinha desaparecido. Meu pai dirigia rapidamente, mas com segurança. Parecia estar o tempo todo bem focado na estrada, tão focado que nem ligou o rádio, e eu também não pedi para ele ligá-lo.

Minha avó materna morava a umas cinco horas de carro da minha cidade, mas era muito próxima a mim. Sempre me dei muito bem com ela, por isso, toda vez que íamos visitá-la, era um evento pelo qual eu ficava muito ansioso e feliz. Em média, a gente só se via umas três vezes ao ano, o que eu achava muito pouco. Não morávamos tão longe assim. Por isso, foi fácil para mim decidir que eu também queria ficar uns dias lá com a minha mãe.

Desde criança, eu lembro que minha avó me contava uma história de como sabia que ia ter uma ligação especial por mim desde que eu nasci, mas não contava para mais ninguém, principalmente para o Juca. Ela disse que foi numa cartomante poucos meses antes de eu e meu irmão nascermos, mas não comentou em nenhum momento que estava prestes a ser avó. Em certo momento, a cartomante disse a ela que duas crianças com quem ela se daria muito bem estavam prestes a nascer, mas que ela teria uma ligação realmente especial com a mais velha. Eu sempre fui cético e nunca acreditei muito nessas coisas, mas na minha avó eu acreditava. Até porque era verdade, nós tínhamos uma ligação realmente especial.

A estrada deixou de ser asfaltada e passou a ser de terra. Tem algo de terapêutico em observar a paisagem durante uma viagem. São horas dentro de um carro, mas não são horas tão cansativas quanto ficar na frente de um computador, trabalhando. Ou horas dentro de um ônibus lotado no meio do trânsito. São horas mais calmas, confortáveis, em que podemos deixar a mente se ocupar com os formatos das nuvens, o pasto, as placas, as árvores... É diferente de pensar na vida pouco antes de dormir, pois não há muito o que se contemplar num quarto além da própria mente.

Avistamos a casa da minha avó. Era uma pequena propriedade, aparentemente, no meio do nada. A maioria das casas antigas, com o passar do tempo, vai ganhando cada vez mais vizinhos até estar no meio de uma metrópole, mas felizmente não foi o caso da casa da minha avó. É bom que a família tenha uma propriedade em um lugar mais tranquilo. Minha avó já estava na entrada, deve ter escutado o barulho do carro e não é o tempo todo que um carro passa em frente à casa dela. Minha mãe ainda estava um pouco sonolenta, mas quando viu a minha avó, logo abriu a porta do carro e foi abraçá-la.

"Mamãe!", ela disse de forma meio infantil. Nunca tinha visto minha mãe agindo daquela forma. Troquei um olhar com meu pai e, logo em seguida, fui abraçar minha avó também. Se pedissem para eu descrever o cheiro da minha avó, eu não saberia, mas quando eu o sinto, sei que é uma das coisas mais familiares e profundas que guardo dentro de mim. Cheiros ativam nossa memória como nenhum outro estímulo, mas de uma forma tão misteriosa. Não consigo mentalizar um cheiro que eu sentia na infância, mas se eu o sentir, na mesma hora vou reconhecê-lo e me lembrar de outras coisas que associo com esse cheiro que eu achava que tinha esquecido completamente. Então, não vou conseguir descrever direito o cheiro da minha avó, mas era o cheiro que mais me trazia conforto, algo que eu estava precisando muito ultimamente. Eu amava meus pais, mas minha mãe não estava sendo muito ela mesma ultimamente e meu pai estava mais frio e distante. Chegar na casa da minha avó e abraçá-la era um refúgio.

Passamos nós quatro pelo pequeno jardim da entrada. Além das flores, havia um cantinho com uma pequena horta. Entramos na casa. Tudo parecia uma bagunça, num primeiro olhar, mas depois que a visão se acostumava com tanta informação, via-se que na verdade era uma "bagunça arrumada". Nas casas mais modernas, estamos acostumados a vermos menos cores e ângulos mais retos. A casa da minha avó era colorida e parecia que nada fazia parte de um conjunto. Cada almofada do sofá era de uma cor, formato e tamanho diferentes. As cadeiras da mesa de jantar também eram diferentes entre si, o que era de certa forma cômico, pois quando sentávamos nelas, cada um de nós ficava de um tamanho. Um batia no ombro do outro, enquanto outra pessoa mal conseguia colocar os pés no chão. Isso sem falar dos talheres que também eram diferentes entre si. Lembro que minha mãe costumava brincar que tinha passado um tornado na casa da vovó e que, por isso, tudo era assim tão aleatório. Quando eu era criança, eu acreditava nessa história.

Levamos as malas até os quartos. Parece que casas de avós têm uma tendência em passar por menos reformas, porque desde criança eu lembro que os quartos eram praticamente iguais aos que são hoje. Tem um retrato no quarto da minha avó com os pais dela, ou seja, meus bisavós.

Antigamente, tirar foto era um evento, então, os dois estão muito sérios e muito bem vestidos rodeados de seus filhos, com minha avó lá no meio, ainda criança. Lembro que, quando eu era mais novo, eu tinha medo desse retrato. Até as crianças estavam sérias demais. Pelo menos naquela época ainda existiam crianças, pensei comigo mesmo. Minha mãe dormiria naquele quarto com a minha avó e eu ficaria no antigo quarto da minha mãe. Por incrível que pareça, ainda havia alguns brinquedos da minha mãe naquele quarto, como uma boneca de pano e um quebra-cabeça antigo, que eu sabia que tinha algumas peças faltando porque eu já havia tentado montá-lo antes.

Minha mãe ficou no quarto da minha avó, desfazendo as malas. Enquanto eu estava desfazendo as minhas no outro quarto. Percebi que meu pai e minha avó estavam na sala, conversando baixinho. O antigo quarto da minha mãe era mais perto da sala e eu pude ouvir um pouco da conversa.

"O problema de memória dela está ficando cada vez pior. Esses dias ela esqueceu que o Juca desapareceu, não só isso, né... Esqueceu que isso aconteceu no mundo todo."

"Ela fica aqui. Por tempo indeterminado. Nada melhor que uma mãe para cuidar da sua filha."

"Não ache que eu, como marido, não possa cuidar dela. Mas é que as coisas têm sido bem pesadas lá em casa, achei que seria bom ela passar um tempo aqui. Meu filho também quis ficar, ele te adora, você sabe... Eu vou vir todos os fins de semana, quando precisarem de dinheiro, me avise que eu transfiro e..."

"Fique tranquilo, fique tranquilo, vai ser um prazer ficar com eles aqui. Muitos pais perderam os filhos, incluindo vocês. Mas eu tive a sorte da minha filha e um dos meus netos ainda estarem aqui, então, é importante que eu fique perto deles."

"Tem mais uma coisa. Acho que você pode ter reparado quando chegamos. Além do problema da memória, minha mulher parece estar... Como posso dizer? Mais infantil? Menos adulta?"

"Sim, eu reparei. Talvez seja..."

Os dois pareciam estar se afastando para o jardim, não consegui ouvir mais. O porta-malas do carro ainda tinha algumas coisas. Fui para o quarto onde estava a minha mãe e levei comigo a antiga boneca de pano dela. Ela parecia mais tranquila, abriu um sorriso quando entrei. Aparentemente, ela não tinha conseguido ouvir nada de onde estava. Quando ela notou a boneca na minha mão, o sorriso dela ficou mais largo ainda. Entreguei a boneca e a primeira coisa que minha mãe fez foi cheirá-la. Duvido que ela tenha o mesmo cheiro de quando minha mãe era criança, mas, talvez, a lembrança que veio tenha sido das vezes em que viemos pra casa da minha avó com minha mãe já adulta mesmo, porque ela devia pegar aquela boneca com nostalgia todas as vezes que íamos para aquela casa. O sorriso dela foi murchando, talvez pela decepção de não sentir o cheiro que a boneca tinha na infância, ou por saber que aqueles tempos nunca voltariam. Minha mãe andava muito quieta e, às vezes, eu suspeitava que ela tivesse se esquecido de como falar também.

Meu pai foi embora na manhã seguinte, depois do café da manhã. A mesa do café ainda estava posta, fui ajudar minha avó a guardar as coisas e lavar a louça. Ri de como até as esponjas eram diferentes entre si. Minha mãe estava no quarto, tomou café da manhã, mas voltou para a cama, indisposta. Minha avó não parecia ter a idade que tinha. Ela era a pessoa mais disposta que eu conhecia. Inclusive, ela tinha o costume de correr um pouco aos fins de tarde. Não, não era de manhã, acordar cedo era coisa de idoso indisposto, ela dizia, por mais contraditório que possa parecer. Dizem que idosos costumam acordar cedo porque têm medo de não acordarem. Quando a vida está chegando ao fim, cada minuto conta, mas minha avó acredita que cada minuto dormindo conta também. Então, faz mais sentido para ela acordar tarde e aproveitar o dia fazendo diversas atividades, em vez de acordar cedo e ser uma idosa que fica o dia todo dentro de casa, sem fazer muitas atividades diferentes.

Minha avó me convidou para caminharmos de tarde a sós para conversar comigo. A terra era boa para caminhar, fazia tempo que não chovia e o solo estava mais firme. Lembro que quando eu era criança, uma bota minha ficou atolada na lama e comecei a chorar, achando que era areia movediça e que eu seria completamente sugado. Pouco depois que começamos a caminhada, minha avó olhou nos meus olhos e perguntou:

"Como está se sentindo?"

"Bem", me limitei a dizer.

"Não precisa fingir que está tudo bem, quero saber como você está em relação ao Juca."

Ao ouvir o nome dele, meus olhos começaram a arder, como se as lágrimas exigissem sua liberdade porque já estava mais do que na hora de saírem. Estavam presas por dias e eu as ignorava, como se não quisesse ouvir o lado delas. A próxima coisa que consegui falar soou infantil e idiota, mas era uma dúvida que passava o tempo todo na minha cabeça.

"Vó, você acha que o Juca morreu?"

"Eu não acho. Acho que a sensação é a mesma, como se ele tivesse morrido, sem dúvida. Mas só porque não sabemos onde os mortos estão e nem pra onde foram os menores de 18 anos, isso não quer dizer que estejam no mesmo lugar."

"Então você acha que o vô e o Juca não se encontraram?"

"Quando meu marido morreu, há 5 anos, eu só pensava em quando iria encontrá-lo de novo. Cheguei até a desejar não viver muito mais tempo, para que esse reencontro não demorasse muito tempo. Mas a verdade é que eu não sei se de fato vamos nos reencontrar, então, vi que não valia a pena apressar o fim da minha vida. Foi aí que comecei a ser mais saudável do que nunca, sabe? Não importa o quanto a gente ame alguém, morrer é individual. Devemos, sim, dividir os bons momentos da vida com quem a gente ama, mas se morrer é algo tão solitário, também temos que saber viver individualmente. E imagino que viver sem um irmão que nasceu junto com você seja muito difícil."

"O único momento em que me animei desde que o Juca sumiu foi quando eu soube que viríamos para cá."

Troquei olhares afetuosos com a minha avó. E, de repente, percebi como ela tinha muitas rugas e era velha, apesar de ser bem disposta. Envelhecer é um processo lento, mas constante. Então, não reparamos as sutis transformações no dia a dia, até que, do nada, como se o envelhecimento viesse em um segundo, notamos tudo, cada ruga e fio branco a mais, cada dente mais decadente, e nos assustamos. Um *insight* de que o tempo está mesmo passando e que cada dia a mais também é um dia a menos. E quando estamos depressivos, começamos a pensar em mais coisas ruins que podem acontecer. Então, parecia que minha avó morreria no dia seguinte e que não demoraria muito para que os meus pais morressem também. E eu ficaria sozinho, envelhecendo, num mundo em que ninguém mais nascia. E se eu sou uma das pessoas mais jovens que existem agora, então devo assistir muitas pessoas morrerem e ser um dos últimos a sobrar, sem a possibilidade de ter descendentes. Próximo ao fim, provavelmente só sobraria um bando de idosos que não teriam mais energia para cuidar uns dos outros. A sociedade entraria em decadência com cada vez menos pessoas no planeta e vários lugares ficariam abandonados. Se eu vivesse demais, talvez me tornasse o último ser humano da história, até que, depois de mim, não haveria mais ninguém para contar história alguma.

Minha avó sempre soube ler muito bem as minhas expressões, mas me assustei desta vez, parecia que ela tinha conseguido ler a minha mente.

"Acho que sua velhice vai ser mais cruel que a minha. Mais solitária, se esse sumiço for permanente. Talvez você venha pensando em como só haverá perdas daqui em diante. Mas, por favor, não fique se preocupando com isso agora. Se as coisas forem pra acabar, que acabem. Eu já pensei em milhares de fins piores para a raça humana, o que está acontecendo agora me parece até misericordioso por tudo que fizemos de mal ao planeta e aos animais."

"Eu só estava pensando em como não quero te perder também", menti.

"Foram minhas rugas que causaram esse seu devaneio, não foram?", e minha avó soltou uma risada. E nesta hora, eu tive consciência de que um dia deixaria de ouvir aquela risada, então, tratei de guardá-la bem na minha memória. Sons eram mais difíceis de guardar do que cheiros. "Envelhecer não é tão ruim assim. Eu estou bem, saudável, mas também acho uma besteira quando chamam a terceira idade de melhor idade. A melhor idade é a infância!"

A casa da minha avó só parecia que estava no meio do nada, mas a apenas dez minutos de caminhada, havia uma pracinha que já deveria ser o centro da cidade, rodeada de lojas, uma igreja, cafés, bares e restaurantes. Tinha até um parque mais adiante. Era surpreendente como tinha movimento ali. Minha avó me lembrou de que, do outro lado da cidade, encontravam-se muitas outras casas e que a cidade não era tão pequena assim. Ela que morava num cantinho mais isolado.

Pegamos casquinhas de sorvete para nós e fomos tomando no caminho de volta porque já estava escurecendo. Por um momento, esqueci todas as preocupações que tive um pouco mais cedo, sofrendo por antecedência. Queria que se alegrar por algo que ainda vai acontecer fosse tão fácil quanto se preocupar com o futuro. Quando chegamos ao trecho de terra, percebemos que havia algo de errado. Minha mãe vagava sozinha, aflita, quase chorando. Quando nos viu, veio correndo aliviada nos abraçar.

"Fui procurar vocês e me perdi. Onde vocês estavam?"

"Fomos caminhar até o centro da cidade, minha filha. Eu te disse, lembra?"

Usar a palavra "lembra" não foi uma boa ideia. Minha mãe parecia constrangida, envergonhada e seus olhos se encheram de lágrimas. Ela sabia que estava com problemas e era difícil para ela aceitar aquilo. Notei que tinha sido a primeira vez que eu ouvi a voz dela desde que chegamos à casa da minha avó. Eu me perguntava o que minha mãe tinha. Não era só o esquecimento, ela também ficava muito indisposta às vezes e, em outras, estava começando a agir como criança.

Seguimos nós três para casa. Mais tarde, minha avó comentou comigo que era melhor não deixarmos mais minha mãe sozinha.

# 11 - A VIAGEM INSUPORTÁVEL

A mãe de Beatriz amaldiçoou a sua curiosidade de como era andar de navio que tinha desde criança. Ela era a pessoa que mais passava mal, não era raro ela ir até o convés vomitar no mar. Recebia ordens do homem malvado que chutou o cachorro de que não era pra ficar lá em cima, à vista. Aquele era para ser um navio exclusivamente de cargas, se fossem avistadas muitas pessoas lá em cima, levantariam suspeitas.

"O homem malvado que chutou o cachorro" é uma referência muito longa, por isso, a partir de agora, vou chamá-lo de "homem mau". Já o homem que defendeu a permanência do cachorro, eu chamarei de "homem bom". Sei que essa divisão é muito simplista. O aqui chamado "homem bom", por exemplo, já notou que recebeu troco a mais e não devolveu. Sem contar que, quando criança, atirava nos pássaros com uma espingarda incentivado pelo próprio pai. Então, peço que não pensem muito mal dele. Uma criança não sabe que está fazendo algo errado se é algo ensinado pelos pais. Mas não quero focar muito no passado do homem bom, muito menos no passado do homem mau. Este, sim, faz jus ao apelido que dei e não quero listar aqui os horrores que ele fez. Alguns leitores ou leitoras podem me achar meio presunçoso por eu ficar julgando e separando as pessoas em boas ou más. Não quero que achem isso de mim. Tenho consciência de que bom ou mau, certo ou errado são classificações muito subjetivas. Alguns acham que esses homens do navio cargueiro estão agindo de forma errada, pois é ilegal transportar refugiados desta forma. Já outras pessoas acreditam que eles estão certos por oferecerem algum meio desses refugiados fugirem de um país que só oferece perigo para eles.

A mãe de Lia olhava a mãe de Beatriz com preocupação. Se ela continuasse passando mal dessa forma, todos os dias, o corpo dela chegaria muito enfraquecido ao destino. E ela não seria a única pessoa que não chegaria bem. Na verdade, o difícil seria alguém chegar bem estando nas condições que eles estavam. Eram por volta de 50 pessoas num navio que tinha sido feito para cargas. Não havia banheiro o bastante para todos fazerem suas necessidades e muito menos para tomarem banho, então, logo no segundo dia de viagem, o porão onde os refugiados tinham que ficar já estava fedendo. Arranjavam-se recipientes para as pessoas fazerem suas necessidades e, o mais breve possível, esses recipientes eram esvaziados no mar.

O Au au fazia xixi em qualquer canto, o que gerou algumas reclamações. A menina estava preocupada que essas reclamações chegassem ao ouvido do homem mau. Junto com o menino, seu irmão, tentava limpar qualquer sujeira que o cachorro fizesse, para que as pessoas ficassem menos incomodadas. O velho e a mulher de meia idade ficavam a maior parte do tempo descansando. A viagem era desgastante para todos, mas principalmente para a mulher de meia idade. Com a convivência, os pais de Beatriz e os pais de Lia descobriram que a mulher de meia idade era mãe da menina e do menino, mas que o velho não era pai dela, mas sim avô por parte de pai dos dois. Ainda não tinham intimidade para saber o que havia acontecido com o resto da família.

O termo "menino" e "menina" podem remeter a crianças, porém, lembrem-se de que, dada a atual circunstância, eles eram as pessoas mais jovens presentes. A menina tinha 18 anos e 7 meses e o menino, 20 anos e 6 meses. Não tinham escapado tão por pouco assim do grande desaparecimento como o Juca, mas aparentavam ser mais jovens do que a idade que tinham.

As pessoas perdiam a noção do tempo dentro do porão do navio. Tinham permissão para subir para o convés em alguns momentos, mas nunca muitas pessoas ao mesmo tempo. Os pais de Beatriz e os pais de Lia estavam na dúvida se estavam no quinto ou no sexto dia de viagem. A mãe de Beatriz começou a achar que tinha sido uma ideia estúpida, estavam acabando consigo mesmos, alimentavam-se pior ainda do que quando estavam em terra. Além de nada parar direito em seu estômago. A mãe de Lia a lembrou que alguns dias de maior sofrimento valiam a pena para fugirem do país delas que estava em guerra. Além disso, tinha certeza de que em breve ela se reencontraria com a filha Beatriz.

A mãe de Beatriz lembrou-se de como a filha gostava de brincar de esconde-esconde quando era criança, mesmo se só ela soubesse que estava brincando. Não era incomum ela ter que procurar a filha antes de sair para a escola, o que a deixava muito estressada às vezes. "Filha, apareça já! Não é hora de brincar disso!", ela dizia. O que mais a irritava não era a filha se esconder em si, mas como, muitas vezes, ela não encontrava o esconderijo. A brincadeira geralmente acabava porque Beatriz decidia aparecer e, para completar, assustava a mãe. Essas lembranças a faziam fantasiar que a filha apareceria a qualquer momento. Chegaria pelas suas costas e pularia em cima dela dando um susto de felicidade. Mas agora não poderia ficar brava com a filha. Ela e o marido que haviam decidido que era melhor ela se esconder. Ir para um lugar seguro, ou seja, bem longe do país deles, do outro lado do mundo na casa da tia. Queria ter certeza de que encontraria a filha na casa da cunhada, sã e salva, mas o mundo, a natureza ou sabe-se lá o que se encarregou de complicar mais ainda aquele esconde-esconde internacional. Quem garantia que a filha tinha completado 18 anos a tempo? E se a filha nunca mais aparecesse para assustá-la?

Ela olhou para a mãe de Lia, que estava sorrindo, cheia de fé ao seu lado, tranquilizando-a e sentiu-se egoísta. Nesse esconde-esconde misterioso, Lia tinha se escondido e não apareceria mais, mas Beatriz tinha uma chance. Era ela que deveria estar consolando aquela mãe que sabia que não veria mais a filha, não o contrário. Abraçou a mãe de Lia e sentiu-se grata por ter a companhia dela durante aquela viagem medonha.

Do outro grupo, quem parecia não estar nada bem era a mulher de meia idade. O pai de Beatriz, como médico, ficava frustrado. Um médico sem um hospital e suas ferramentas é praticamente um homem sem profissão. Ele olhou para todas aquelas pessoas no porão daquele navio e se perguntou quem elas eram antes de tudo aquilo, o que faziam. E no momento seguinte se deu conta que associava "quem as pessoas eram" apenas a profissões. Achou injusto. Sentiu um pouco de vergonha de si mesmo por se dar conta disso apenas quando sua profissão não tinha recursos suficientes para ser exercida de forma plena. A profissão de cada um não importava tanto naquele momento, estavam no mesmo barco, literalmente.

De repente, lembrou-se de que o pai de Lia era desempregado já há um bom tempo. Havia sido motorista antes, mas o pai de Beatriz decidiu que começaria uma conversa com aquele homem sem falar sobre profissões. Fazia muito tempo que ele não conversava. Principalmente porque a má alimentação e todas as outras condições precárias que o navio oferecia o deixavam mais cansado. Preferia ficar em um estado de letargia, sem ter muita consciência do que acontecia ao seu redor, para não surtar de vez. Essa também era uma forma de guardar energia. Mas, conforme os dias foram passando, ele percebeu que a leseira só estava fazendo mal para ele, em vez de poupar energia. Precisava socializar. Então, virou-se para o pai de Lia e se surpreendeu ao constatar que a sua própria voz ainda existia, depois de passar dias sem trocar quase nenhuma palavra com alguém.

"Nunca pensei que sentiria falta da comida do acampamento."

"Fico imaginado como era antigamente, nas grandes navegações, como todo mundo não morria de fome", respondeu o pai de Lia.

"Minha mulher mal se alimenta porque nada está parando muito no estômago dela. Queria poder cozinhar algo mais saudável pra ela, mas aqui, nem tem como."

"Deve ter alguma cozinha aqui, alguma despensa. Podíamos pedir pros homens se temos autorização de preparar algo diferente da comida enlatada que eles nos dão."

O homem bom e o homem mau ficavam numa outra área do navio, no convés. O pai de Beatriz e o pai de Lia saíram do porão e tiveram o azar de encontrar o homem mau primeiro. Levaram alguma bronca relacionada a ser errado ficar perambulando lá em cima, mas os dois não deram muito ouvidos e passaram reto. Não eram crianças, não estavam de castigo, não precisavam dar ouvidos àquele homem. Uma das vantagens de crescer é não precisar dar ouvidos a certos adultos. Todo mundo tem seus preconceitos, menos o recém-nascido. O recém-nascido não acha nada, ele só quer se sentir seguro, não passar fome e chorar quando algo o incomoda. Muitas pessoas dizem que a vida de um bebê é muito fácil, mas sentimos um verdadeiro terror nessa fase da vida. A descoberta do mundo assusta porque tudo o que é desconhecido é assustador. Porém, aos poucos, vamos entendendo o mundo e não ficamos tão aterrorizados assim com as coisas, pois passamos a conhecê-las e entendê-las e vemos que está tudo bem. Mas, quando alguém cresce e se recusa a entender certas coisas que, no fundo, não têm mal algum, essa pessoa vira um adulto preconceituoso. O desconhecido o assusta, mas ele se recusa a acender a luz e pelo menos ver do que tem medo. E aí, esse adulto ensina às crianças que algo é ruim ou errado, quando, na verdade, não é. Sair da escuridão bastaria para que o preconceito fosse embora. Um bebê ou uma criança, que ainda estão descobrindo o mundo, acabam dando ouvidos a diversas coisas que esses mesmos adultos que permaneceram na escuridão dizem. Pobres criaturas! Por isso, é importante dar a chance a toda criança quando cresce de não dar mais ouvidos a certas coisas que ouviram de alguns adultos, e torcer para que esses adultos parem só de falar e comecem a ouvir também. Entretanto, o pai de Lia e o pai de Beatriz sabiam que o homem mau era um caso perdido desde que o viram chutar o cachorro, então, decidiram não apenas não ouvi-lo como também nem tentaram dizer algo para ele. Por isso, passaram reto.

Encontraram o homem bom, que parecia estar muito atarefado separando alimentos enlatados para todos e olhando algum painel de navegação. Os dois ajudaram o homem bom a levar os alimentos e aproveitaram para tocar no assunto da cozinha. Os dois se prontificavam a cozinhar algo diferente dentro das opções limitadas. O homem bom parecia cansado e ficou satisfeito com a sugestão dos dois. Avisou que a cozinha era pequena, com panelas pequenas, então teriam que fazer várias vezes o mesmo prato, já que aquele navio não estava preparado para servir refeições para muitas pessoas.

Os dois entraram na cozinha e se surpreenderam como ela era realmente pequena. O pai de Beatriz não conseguia imaginar que prato eles poderiam fazer com tão poucos recursos, mas o pai de Lia parecia ter um talento natural na cozinha, ele já estava separando alguns ingredientes e enchendo duas panelas de água (o fogão só tinha duas bocas).

"O que você vai fazer?"

"Quando há poucos recursos, a melhor opção sempre é uma sopa. Nutritiva e fácil de fazer. Por favor, me ajude cortando o tomate, a abobrinha... Vamos ter que fazer várias vezes para dar para todo mundo."

A sensação de cozinhar era boa. Estavam se sentindo úteis depois de dias de tédio. Seria melhor se tivessem uma cozinha espaçosa com uma panela grande, claro. Mas, por um lado, era bom que poderiam se manter ocupados por um bom tempo. Quando a primeira rodada de sopa ficou pronta, decidiram que os mais velhos e quem estivesse mais debilitado tomariam primeiro. A mãe de Beatriz foi uma das primeiras a tomar, relutante, pois achava que seria mais alguma coisa que não pararia direito na sua barriga, mas se surpreendeu por ter começado a se sentir mais disposta e com menos enjoo. A mulher de meia idade, depois de tomar, também parecia estar melhor, mas a melhora não foi tão boa assim. Tinha algo de errado com ela que não se resolveria apenas com uma alimentação melhor. O avô da menina e do menino, ao receber sua sopa e saber que o pai de Beatriz e o pai de Lia estavam preparando mais, tomou logo a sua e se prontificou em ajudar.

"Não precisa, a cozinha é pequena, duas pessoas são o suficiente", disse o pai de Beatriz.

"Tudo bem, mas da próxima vez, eu vou."

Havia algo de bonito no gesto de cozinhar para os outros. Naquela circunstância então, mais do que nunca, era dar vida às pessoas. Oferecer energia, abrandar a situação e unir todos aqueles refugiados. Às 11h da noite, o último grupo recebia seus pratos de sopa. O homem mau estava num canto isolado, tomando sua sopa silenciosamente. Ele não reclamava de nada há horas, o que era incomum. Ele devia, no fundo, estar envergonhado de ter chamado atenção daqueles dois ao saírem do porão quando a única intenção deles era oferecer uma alimentação mais decente para todos. Ele poderia muito bem dizer um "obrigado" quando recebeu o seu prato, mas ele se limitou a fazer um aceno com a cabeça e ficar o resto da noite quieto, o que já era uma vitória.

Conforme os dias passavam, a comida ia ficando mais escassa e todos se viram obrigados a receber porções menores se quisessem que os alimentos durassem até o fim da viagem. Segundo o homem bom, eles deveriam chegar em quatro dias ao destino. A mãe de Beatriz já estava se sentindo melhor, mas, por outro lado, a mulher de meia idade parecia pior a cada dia. Ela não tinha apetite, então os filhos faziam de tudo para que ela se alimentasse bem mesmo assim. Nesse ponto da viagem, ninguém mais parecia se incomodar com o cachorro. De certa forma, ele ajudava a deixar os ânimos melhores. Sua dona, a mulher de meia idade, encontrava um pouco de conforto quando ele dormia aninhado ao seu lado. Durante a noite, todos acordaram com os latidos do Au au. Sua dona não estava nada bem, suava frio e começou a vomitar. A menina, o menino e o velho foram logo prestar socorro.

"Mãe, você consegue ficar de pé?", disse a menina desesperada. A mãe não respondeu nada, parecia estar com dificuldades de respirar.

"Vamos, me ajudem a levá-la lá pra fora, ela precisa de um ar", disse o velho.

Os dois filhos serviram de muleta para a mãe. O cachorro rodeava a família freneticamente, querendo entender o que acontecia. O pai de Beatriz levantou-se, saindo do estado de sono para o de alerta, como quando era acionado para algum plantão médico.

"Não é uma boa ideia levá-la para fora. A madrugada é muito fria em alto mar."

E no momento seguinte, a mulher de meia idade desmaiou nos braços dos filhos. O pai de Beatriz gritou para que eles a colocassem logo no chão e começou imediatamente a tentar reanimá-la com massagens cardiovasculares. Ele podia sentir que seus esforços estavam sendo em vão. Já havia presenciado uma morte súbita antes e sabia que um desmaio era um dos piores sinais. Ele suava, mas não parava de tentar reanimá-la. Neste ponto, todos já estavam acordados, observando com curiosidade e preocupação. O cachorro começou a uivar, talvez como forma de choro, talvez como forma de súplica. Não se sabe se os cachorros acreditam em algum Deus, mas Deus parece acreditar mais nos animais do que em nós. Afinal, todos os animais estavam se reproduzindo normalmente e seguiam nas suas missões de perpetuar cada um a sua respectiva espécie. Mas isso não queria dizer que eles só pensavam em seus semelhantes, pois o Au au não queria perder uma de suas humanas favoritas, então uivava em sua reza canina, implorando para seja lá qual deus (talvez para Anúbis, afinal também tinha o direito de amar um deus que era sua imagem e semelhança) que ainda não fosse a hora dela partir. Mas os deuses nada têm a ver com a morte, só com a vida. Limitam-se a nos dar a vida e nos dizem, como se fossem nossos pais: "Divirta-se, mas tome cuidado, hein!". E na nossa aventura na Terra, não importa quantos cuidados a gente tome, uma hora o corpo cansa, ou uma fatalidade acontece e só nos resta aceitar a morte. Os deuses escutam as nossas súplicas e não há nada que possam fazer. Apenas viram-se um para o outro e lamentam: "Uma pena que não possam ser imortais como nós", e às vezes seguram uma risada. É a verdade, não quero desanimá-los. Os deuses, imortais como são, não se comovem com a morte. Talvez por falta de empatia, talvez porque conhecem os segredos do Universo e saibam que a morte na verdade não é o fim, então riem do drama humano desnecessário.

O cachorro parou de uivar assim que o coração da dona parou de bater. Pode ter sido coincidência ou pode ser que, com sua audição apurada, o cão tenha notado o silêncio da ausência dos batimentos no peito da dona e decidiu ficar em silêncio também em sinal de respeito. Aproximou-se da dona no chão, lambeu seu rosto e começou a chorar na língua dos cães.

---

Ninguém dormiu direito depois do ocorrido e, quando o dia amanheceu, improvisaram um velório para a mulher de meia idade, que agora não tinha mais idade nenhuma. Paramos de contar o tempo para os que morrem, ninguém comemora o aniversário de alguém que já morreu. Podem, no máximo, lembrar e dizer: "hoje fulana completaria 125 anos", como se as pessoas fossem eternas e seus corpos pudessem aguentar assim tanto tempo de vida. Mas não aguentam, ninguém aguenta. No fim, o corpo não importa, apodrece. E era isso que já estava acontecendo com o corpo da mulher de meia idade. Aliás, que besteira eu chamá-la de "mulher de meia idade"! Isso quer dizer que ela deveria ter morrido com o dobro da idade com que na verdade morreu? Não há como prever qual é a meia idade de cada um. Um jovem que morre aos vinte anos, por exemplo, tem a sua meia idade aos dez. Se eu continuar me referindo a ela como "mulher de meia idade" será apenas por hábito, e não porque faz sentido. Os filhos queriam que ela fosse enterrada na terra natal, mas sabiam que isso era impossível. E não faria sentido esperar a viagem chegar ao seu destino e enterrá-la em terras que não remetiam a nada do que aquela mulher viveu. O navio estava longe de estar com um cheiro agradável e se passassem dias com uma defunta a bordo, a situação só pioraria. Até nós, vivos, tendemos ao fedor. Passamos a nossa vida inteira disfarçando essa tendência com sabonetes, desodorantes, enxaguantes bucais e diversos outros produtos de higiene. Mas, obviamente, nas condições em que estavam, disfarçar o mau cheiro era praticamente impossível. Logo, teriam que depressa dar um jeito com a defunta para a questão dos odores não piorar. Não fiquem pensando que sou indelicado, só estou descrevendo como as leis da Natureza funcionam. As coisas mortas apodrecem e começam a feder. E o fedor diz: "Jogue fora, descarte, enterre no solo, sei lá, mas não fique com isso por perto, não". E a Natureza, sábia como é, aproveita o que foi descartado como adubo. E na falta de solo, descarta-se no mar mesmo. E foi isto que foi decidido pelos filhos: uma morte em alto mar exigia um sepultamento em alto mar.

Fugindo um pouco da história, gostaria de esclarecer que apenas algumas coisas podres orgânicas podem ser despejadas por aí na Natureza. Não quero que usem meu livro como pretexto para que tratem o lixo com irresponsabilidade. Talvez outras coisas que escrevi neste livro possam ser mal interpretadas e usadas para justificar outras ações. Pois então, vejam bem; as pessoas têm a mania de tornar verdade absoluta coisas que estão escritas, como acontece, principalmente, com livros sagrados, por exemplo. É como se a materialização da fala fosse sempre algo mais confiável. Não tenho a pretensão de que as minhas palavras escritas aqui sejam levadas tão a sério por alguém, mas, caso isso aconteça, estou aqui desencorajando essa pessoa a fazer tal coisa. Meu caro ou minha cara, estou sujeito a escrever uma porção de besteiras aqui, não é só porque isto aqui foi publicado que significa que tudo que está escrito neste livro seja confiável. Aconselho procurar artigos científicos. Agora, retomemos a história.

A cerimônia de sepultamento no mar permitiu que várias pessoas ficassem no convés, o que deixou o homem mau com uma cara horrível, como se ele não suportasse que quebrassem regras que eram o dever dele fazer com que fossem cumpridas, mas ele não ousou falar nada. O corpo era levado em uma maca improvisada em direção à popa do navio por quatro pessoas: o velho, o pai de Beatriz, o pai de Lia e o homem bom. O cachorro acompanhava de perto, seguido pela menina e pelo menino. Alguns outros refugiados seguiam o grupo, apesar de só terem conhecido a mulher de meia idade no navio. Ao passar pelo homem mau, o cachorro rosnou em meio ao seu luto, como se dissesse: "Não ouse me encher a paciência num dia tão triste como hoje."

Desceram a maca delicadamente próxima à popa do navio. O cão lambeu o rosto da dona morta, como última tentativa de despertá-la. Sem sucesso, deitou-se encostado ao lado de seu corpo e ficou lá, repousando. Os filhos não tinham palavras para expressar o luto que sentiam, então, o velho relatou algumas histórias de sua nora. Evitamos pensar no dia em que nossos pais vão morrer, mas, quando pensamos, visualizamos flores, um caixão e muitos amigos e familiares em volta. No caso, o menino e a menina não tinham nada disso perto deles. Queriam colher algumas flores, mais pela força da tradição do que pela vontade genuína deles, mas era impossível fazer isso no meio do oceano. Apesar da ausência de todos esses elementos de um velório tradicional, os dois filhos da mulher de meia idade ainda se viram surpresos pela falta de cerimônia dos homens que jogaram o corpo da mãe deles ao mar. Levantaram o corpo dela do convés, aproximaram-se da popa em meio aos latidos de protesto do Au au, jogaram o corpo e num breve momento depois, ouviu-se o som de algo se chocando ao mar. Os filhos se aproximaram da popa e observaram o corpo se distanciar. Era o mais próximo que teriam do momento de observar o caixão descendo até o fundo da cova.

---

A viagem continuou no dia seguinte, ainda faltavam uns dois dias para chegarem ao destino. Pode parecer desnecessário dizer que "a viagem continuou no dia seguinte", mas não é desnecessário para quem já perdeu alguém que amava muito.

Perder alguém nos dá a sensação de que as coisas continuarem não é natural. É praticamente cruel, zombeteiro, tudo continuar como se nada tivesse acontecido. O dia após o sepultamento era lindo, com um amanhecer esplendoroso que parecia não respeitar a dor dos filhos e do cachorro da mulher de meia idade. Apesar de parecer ser algo cruel, as coisas continuarem e o tempo não parar são um jeito que a vida dá de tentar nos puxar adiante, mesmo sem termos vontade de continuar coisa alguma. É como se ela dissesse: "você ainda está vivo, tem coisas a cumprir. Olhe aqui, um novo dia", e depois de te puxar para um outro canto: "As pessoas ao seu redor continuam tendo os problemas delas, que tal tentar ajudá-las? Agora venha cá, você ainda se lembra daqueles seus objetivos?". Do outro lado, a saudade te puxa para o passado, te afunda em lembranças, em luto e espalha lembretes por todos os lados em forma de ausências para que você nunca se esqueça do quanto amou. E com a saudade puxando de um lado e a vida te puxando do outro, você fica paralisado no meio.

O menino e a menina ficaram nesse estado de paralisia até o fim da viagem. O cachorro estava triste, mas como seu tempo de vida é mais curto, logo tratou de não se permitir ficar abalado por tempo demais. Ouviu o conselho da vida sobre ajudar as pessoas ao seu redor e tratava de dar mordidinhas irritantes nos seus donos quando eles não queriam comer o pouco que tinham. Corria de um lado para o outro, forçando que eles se levantassem e brincassem um pouco com ele. O avô deles começou a ajudar na cozinha e, assim como o cachorro, fazia com que eles não deixassem de comer.

A mãe de Lia aproximou-se hesitante da menina e do menino, ela queria propor que, quando desembarcassem, juntassem-se ao grupo dela com os pais de Beatriz e seu marido. Mas ela não fez a proposta logo de cara. Há algo no luto alheio que nos deixa sem saber como agir. A pessoa em luto tem uma aura ambígua ao seu redor. Temos vontade de chegar perto, abraçá-la e dar o máximo de atenção para minimizar a dor, mas, ao mesmo tempo, algo nos diz que é melhor ficarmos longe, respeitar a dor do outro e dar um tempo para a pessoa ficar sozinha. Por isso, a mãe de Lia aproximou-se hesitante e começou a conversar sobre algo completamente inesperado. Ela comentou que os cientistas estimam que haja 8,7 milhões de espécies no mundo, mas apenas 1,3 milhão foi catalogada. E uma média de 15 mil novas espécies são descobertas todo ano.

"Não é estranho que a gente não conheça a grande maioria das espécies desse planeta? E a gente fica tentando descobrir coisas em outros planetas e galáxias, mas ainda temos tanta coisa pra descobrir sobre a Terra e nós mesmos."

"Você é filósofa?", respondeu o menino.

A irmã deu um tapinha de reprovação nele, sabia que o luto não dava a ele o direito de ser grosseiro.

"Bem, acho que em breve vamos ser uma espécie em extinção", disse a menina mais por educação do que por interesse no assunto. Soube que seu comentário talvez tenha soado tão rude quanto à pergunta de seu irmão, mas foi a única coisa que ela conseguiu pensar em dizer.

"Sim, provavelmente, mas ainda vão existir milhões", disse a mãe de Lia, que não tinha a intenção da conversa ir para esse lado deprimente. Então, prosseguiu: "O que eu quero dizer é que este mundo tem tantas, mas tantas coisas, que provavelmente vamos ser extintos sem termos resolvido milhões de mistérios do nosso próprio planeta... Quem dirá os do Universo! Não é fascinante que nossa vida seja curta demais para tudo que há para explorar?"

Os dois irmãos se entreolharam. Havia algo de simpático naquela mulher e até engraçado pelo esforço que ela estava fazendo para conversar com eles. De repente, eles se viram abrindo o primeiro sorriso desde que a mãe deles havia falecido. A mãe de Lia aproveitou a brecha para tocar no assunto pelo qual realmente ela tinha vindo falar com os dois.

"Olha, meu marido e meus amigos gostariam que vocês, seu avô e seu cachorro se juntassem a nós quando desembarcarmos. O que acham? Achamos que num país novo, é bom termos mais pessoas com quem contar. Podemos ajudar uns aos outros."

"Claro, tudo bem", respondeu simplesmente a menina com um sorriso cansado, mas autêntico.

Os dois pareciam estar cansados para conversas, então a mãe de Lia percebeu que a aura de luto dos dois estava dizendo agora que era um bom momento para deixar os dois a sós. Ela retribuiu o sorriso, fez um carinho no cachorro e afastou-se.

No dia seguinte, quando o sol estava começando a se por, finalmente avistaram terra. Essa notícia era um grande alívio porque todos já estavam comendo migalhas e ninguém tomava um banho decente há quase duas semanas. O cheiro do porão estava insuportável, mas todos lá já tinham suportado muitas coisas insuportáveis na vida. Há certas palavras contraditórias por aí e "insuportável" é uma delas, porque existem muitas coisas que são insuportáveis, mas não temos outra escolha além de suportar. Já a palavra "impossível" é absoluta, não tem como negociar com ela. É impossível voar, é impossível voltar no tempo e é impossível ressuscitar os mortos. E o menino e a menina sabiam muito bem disso. Sentiam a força da palavra impossível quanto se tratava de ver novamente a mãe deles viva. E saber que isso era impossível era insuportável para eles, mas estavam lá, suportando. E quando souberam da notícia de que terra tinha sido avistada, as coisas se tornaram um pouco mais suportáveis.

Apesar dos refugiados ficarem a maior parte do tempo dentro do porão, era muito ruim quando eles subiam para o convés e só avistavam água. O oceano é lindo, mas também entediante. Assim como o seu oposto, o deserto, ele nos dá a sensação de que nada muda e nunca vai mudar. E essa sensação é particularmente péssima para pessoas que estão fugindo de seu país e procuram melhores condições de vida. Por isso, avistar terra significava também a esperança de mudar para uma vida melhor. O porto parecia abandonado, como o de onde eles haviam partido. E era bom que estavam chegando junto com o anoitecer, pois as sombras escondiam todos aqueles refugiados que chegavam ilegalmente a um novo país.

# 12 - OS TRÊS PRESENTES PARA NINGUÉM

Era uma noite de céu limpo com incontáveis estrelas visíveis no céu, mas uma delas chamava muito mais a atenção do que as outras. Ela era muito mais brilhante e estava em movimento. Em seu encalço, no solo, estavam três reis magos porque, segundo uma profecia, aquela estrela os levaria até o Messias que estava prestes a nascer. Eles não tinham certeza se acreditavam muito nisso, mas como também tinham grandes interesses na área da astronomia e não havia muitas formas de entretenimento naquela época, decidiram que seguir aquela estrela peculiar seria uma jornada que valeria a pena. Mesmo durante o dia, aquela estrela era tão brilhante que continuavam a vê-la. Era quase como se os dias tivessem dois sóis.

Gaspar era o mais moço do grupo. Ele tinha vinte anos, era forte e estava acostumado a caminhos mais difíceis, pois vinha de uma região montanhosa. Trazia consigo incenso para presentear o Rei dos Judeus, pois, como eu disse antes, os três acreditavam que a estrela os guiaria até o dito cujo. Baltasar era um homem de meia idade com barba cerrada. Quer dizer, como eu havia falado que não fazia sentido eu chamar a mulher de meia idade dessa forma, então não falarei que Baltasar era um homem de meia idade. Ele tinha quarenta anos. Pronto, assim está melhor. O presente que levava consigo era mirra. Você provavelmente está se perguntando "o que diabos é mirra?". Pois bem, eu também me perguntei a mesma coisa e o *Google* disse que é "Uma árvore espinhosa, de folhas caducas, que pode atingir 5 metros de altura, com flores vermelho-amarelo, e frutos pontiagudos. É nativa do nordeste da África e encontra-se também no

Médio Oriente, Índia e Tailândia. Cresce em matas e prefere solos bem drenados e muita exposição ao sol." Fica aí a curiosidade. Por último, Belchior era um idoso de setenta anos com cabelos e barba brancas. Ele era meio esquecido, então era o único dos três que não levava um presente para o Messias que ia nascer.

"E agora, Gaspar e Baltasar, acabei não comprando nada, que presente eu dou?"

"O senhor ainda tem ouro com você?", disse Baltasar.

"Claro que tenho, não ia fazer essa viagem de seguir a estrela sem nenhum tostão no bolso!"

"Pois, então, dê dinheiro para o menino que vai nascer, não tem erro!"

"Nossa, mas meu incenso não vai ser um presente meio sem graça ao lado do ouro do Belchior?", disse Gaspar.

"O importante é que é de coração, meu rapaz. Você pelo menos teve o cuidado de pensar em um presente, diferente de mim!", exclamou Belchior.

"Olhem, parece que a estrela está avançando mais rapidamente pelos céus! Não podemos perder tempo", disse Baltasar.

Os três reis magos juntaram seus pertences, subiram em seus camelos e prosseguiram viagem. Era muito estranho estar em uma jornada sem saber exatamente qual seria o destino. Quando temos que seguir alguém porque não fazemos ideia do caminho, parece que a viagem é muito mais longa por causa da nossa ansiedade. Então, imaginem como os três reis magos estavam ansiosos porque acreditavam que, ao seguir a estrela, seriam levados diretamente para o filho de Deus! Dessa forma, a viagem parecia uma eternidade para os três. O que não os fazia desanimar era o fato daquela estrela persistir tão brilhante e continuar os guiando mesmo durante o dia. Nunca haviam visto uma estrela como aquela. Ela, por si só, já era um milagre e um forte sinal de que uma graça ainda maior estava à espera deles.

Perceberam que a estrela estava fazendo o caminho para Belém, então esperavam que o destino pudesse ser lá, mas surpreenderam-se quando notaram que a estrela parou de mover-se e estava, claramente, acima de um estábulo comum. Porém, eles logo repararam que não se tratava de um lugar comum, pois a estrela retornava ao seu dono: um anjo com as asas mais brancas que eles já haviam visto na vida estendia as mãos para a estrela. Ela encostou nas mãos do anjo e parecia estar sendo absorvida pela pele dele. Tudo à sua volta brilhava, ele parecia um sol em miniatura no meio da noite, iluminando uma boa área ao seu redor. Até que a estrela pareceu, enfim, ser absorvida completamente pelo corpo do anjo, que parou de brilhar tanto e ficou apenas com uma luminosidade branda em todo o seu contorno. Os três reis magos assistiram à cena maravilhados. Gaspar, que era o mais jovem, desceu do camelo e ajoelhou-se, mas não chegou a fazer uma reverência com a cabeça, pois seus olhos não conseguiam parar de olhar para a figura daquele anjo, como se fosse um desperdício olhar para qualquer outro canto quando os olhos tinham a oportunidade de se deslumbrarem com tamanha beleza.

Belchior não se conteve e falou:

"Esta é a visão mais bonita que já vi em toda a minha vida", lembrando que Belchior tinha setenta anos de idade. Por um momento, os três ficaram paralisados, mas o efeito do deslumbramento foi passando aos poucos. Você já conheceu alguém muito bonito na sua vida que, aos poucos, você acabou se acostumando com a beleza da pessoa? Sim, é ridículo, há certas pessoas que nos deixam sem graça por serem bonitas demais. Não conseguimos nem falar direito e, quando temos que ouvir a pessoa falar, acabamos não conseguindo prestar atenção no que está sendo dito porque nossa atenção está ocupada demais apreciando a beleza. Porém, conforme o tempo vai passando e conhecemos a pessoa melhor, percebemos que se trata de um ser humano cheio de defeitos como todos os outros. E a beleza não impressiona tanto assim, os traços bonitos viram rotina para os nossos olhos e passamos até a notar algumas coisas na aparência da pessoa que não achamos tão belas assim. Foi isso que acabou acontecendo com os três reis magos. A cena que haviam acabado de presenciar era inegavelmente a mais linda que já tinham visto na vida, mas quando os olhos deles começaram a se acostumar com o anjo, repararam que, tirando as asas e a luz que emanava dele, não havia nada de tão especial assim na aparência daquele ser celestial. Foi nesse momento que perceberam que havia pessoas dentro do estábulo. Uma mulher lá dentro notou a presença deles e aproximou-se dos três. Ela saiu do estábulo e parecia que mal havia notado a presença do anjo. Provavelmente, ela já tinha se acostumado com a beleza dele.

"Com licença, mas quem são vocês?"

"Desculpe a intromissão, senhora. Nós somos os Três Reis Magos. Seguimos uma estrela até aqui e acreditamos que o Rei dos Judeus acabou de nascer neste estábulo", disse Baltasar.

Um homem saiu do estábulo, parecia estar muito cansado e incomodado com o fato de três viajantes chegarem do nada no meio da noite.

"Maria, o que está acontecendo aí?"

"Zé, querido, esses três homens dizem que seguiram uma estrela até aqui e que o Rei dos Judeus nasceria aqui hoje."

"Não queremos incomodar, de verdade, é que fizemos uma viagem longa atrás desta estrela e...", Belchior ia dizendo, até que foi interrompido por Maria.

"Sim, sim, a parte da estrela eu até entendo, nosso anjo da guarda aqui que acabou de absorvê-la, nós vimos a luminosidade. Mas não tem criança nenhuma aqui, que papo é esse?"

"Vocês seguiram a estrela? Achei que ninguém ia reparar que eu a estava puxando para mim. Elas são minha fonte de energia, sabe? É como se fosse uma fotossíntese, só que mais potente", disse o anjo.

"Mas, mas... e a profecia de que uma estrela nos guiaria até o Rei dos Judeus?", disse Gaspar atônito.

"Ah, sim, às vezes, atraio estrelas por causa de profecias, mas não tinha nenhuma agendada hoje. Meu trabalho esta noite é proteger a Maria e o José", disse o anjo.

"Mas deveria haver uma criança aqui, vejam", Baltasar entrou de vez no estábulo e acrescentou rapidamente um "com licença". Ao entrar, apontou para uma manjedoura cheia de feno, como se fosse um berço improvisado. "Viram? Por que tem um bercinho improvisado aqui e nenhuma criança? E afinal, o que fazem aqui no meio do nada?"

"Eu sei lá, quando chegamos já estava assim. E estávamos indo para Belém, pois lá tem muito mais oportunidades de emprego para mim como carpinteiro. Só que resolvemos passar a noite aqui, estamos muito cansados", disse José.

Neste momento, os três reis magos estavam se sentindo mais como os três patetas. Haviam feito uma viagem cansativa para nada. A estrela era um alarme falso, afinal. Belchior, o mais velho, era o que estava mais cansado entre os três. Não queria desistir tão facilmente depois de todo o caminho que percorreram. Talvez fosse só uma questão de esperar um pouco mais. Será que a Maria estava grávida? Ela estava um pouco cheinha, mas não dava para ter certeza se estava grávida. Belchior queria entrar nesse assunto, mas sem soar rude.

"Já entendemos, não há nenhuma criança aqui. Por favor, perdoe-nos por sermos inconvenientes com tantas perguntas, mas eu tenho apenas mais uma. Espero que seja compreensiva, viajamos por dias e preciso ter certeza que realmente estamos no lugar errado. A senhora está grávida?"

"Grávida? Não! Eu sou virgem!", disse a Virgem Maria.

Em um último ato de desespero, Belchior gritou:

"Você tem que parir uma criança de Deus! O menino Jesus!"

"Jesus? Quem é Jesus?", foi a última coisa que a Virgem Maria disse antes de congelar. Além dela, todos os outros também ficaram congelados.

O Natal estava chegando. Todos faziam parte de um presépio gigante que ficava no meio do parque da cidade da avó dos gêmeos. A avó, sua filha e o neto passeavam por ali. O presépio gigante era uma tradição da cidade e praticamente todo mundo ia visitá-lo nessa época. A avó não era muito religiosa, mas achava bonita aquela cena. Os bonecos eram muito caprichados e realistas, parecia que iam sair andando e falando a qualquer momento.

Entretanto, um boneco muito importante estava faltando este ano e a mãe de Juca foi a primeira dos três a notar isso. Ela estava falando cada vez mais como criança e, muitas vezes, a avó e o neto não entendiam de primeira o que ela estava querendo dizer.

"Cadê o bebê?"

"Que bebê, filha?"

"Acho que ela tá falando do menino Jesus, vó."

O berço improvisado na manjedoura ficava em destaque, mas, mesmo assim, a ausência do bebê não era algo que se via logo de cara. Talvez a atenção se perdesse nos bonecos maiores que realmente eram muito bem feitos.

"Que absurdo! Que falta de respeito! Algum vândalo tirou o menino Jesus do presépio!", disse a avó.

Nesse momento, o irmão de Juca pensou que também era uma falta de respeito todos os menores de dezoito anos terem sido "tirados" do mundo. Mas não quis falar desse jeito com a avó, então escolheu uma abordagem mais tranquila.

"Acho que a pessoa que fez isso quis deixar uma mensagem."

"Qual mensagem?"

"Vó, não tem mais crianças no mundo. E agora, tiraram o menino Jesus do presépio. O que seria dos cristãos se Jesus nunca tivesse nascido?"

A avó ficou um tempo refletindo. Sua expressão mudou aos poucos de revoltada para triste. Não era um vandalismo comum, era um vandalismo que refletia exatamente o que havia acontecido com pessoas de carne e osso. A grande maioria das figuras históricas eram imaginadas só como adultas, mas, assim como o menino Jesus, todo mundo antes de fazer história, teve que ser um bebê antes, obviamente.

"Entendi, querido. Mas, de qualquer forma, foi uma atitude errada de seja lá quem foi que fez isso. Estamos num momento em que as pessoas, mais do que nunca, estão precisando de fé. Será que a administração do parque já sabe do sumiço? Ontem o menino Jesus ainda estava aqui."

"Acho que já devem saber, vó. Mas vamos lá. Depois, mais tarde, quero montar a árvore de Natal com você!"

Os dois foram caminhando, mas notaram que a mãe de Juca ficou para trás, ainda observando o presépio.

"O que foi, filha? Vamos..."

"O anjinho tá com a estrela. O anjinho vai proteger o Juca."

---

Os três chegaram à casa da avó um pouco cansados da caminhada. Olharam as caixas da árvore de Natal e dos piscas-piscas, que já estavam no chão para serem montados, mas uma troca de olhar bastou para que entendessem que estavam com preguiça de montar naquele momento. Os três foram tirar um cochilo primeiro.

Talvez vocês tenham notado que o irmão de Juca não é o narrador neste capítulo. E, anteriormente, toda vez que ele estava em uma cena, ele também era o narrador da cena. Pode ser também que vocês não tenham percebido essa lógica e, se eu ficasse quieto, a leitura prosseguiria normalmente. Mas, para mim, é importante deixar o irmão de Juca como narrador às vezes porque, ele sendo uma das pessoas mais jovens do mundo, é relevante acompanhar a história sob a perspectiva dele. Porém, neste capítulo, ele está muito cansado. Tanto mental quanto fisicamente. Por isso, eu assumo a narração, mas prometo a vocês que, no próximo capítulo em que ele estiver presente, as coisas voltarão a ser vistas pela perspectiva dele.

Durante o cochilo da tarde, o irmão de Juca teve um sonho. Parecia apenas uma reprodução do passeio que ele, sua mãe e sua avó haviam feito no parque mais cedo. Mas, quando eles se aproximaram do presépio em tamanho real, Juca era o pastor com um cajado, ao lado de algumas ovelhas.

Ele era o único que se movia no presépio. O irmão de Juca gritava para o seu irmão, mas ele não esboçavô nenhuma reação de que estava ouvindo algo. Sua mãe e sua avó tampouco pareciam notar o Juca lá no meio. Então, o irmão de Juca invadiu o presépio em direção ao seu irmão gêmeo, mas, quando chegou perto o bastante, Juca congelou e passou a ser só mais um boneco muito realista no meio do presépio. O irmão de Juca olhou ao redor e reparou que, assim como na vida real, o menino Jesus também não estava na manjedoura. Só que em seu lugar, havia uma menina. Uma menina refugiada, assim como Jesus havia sido um menino refugiado. Ele não tinha ideia de como sabia que aquela menina era uma refugiada, mas era um daqueles conhecimentos que temos em sonho que simplesmente aceitamos que sabemos. E então ela começou a chorar e ficou claro que José e Maria não eram seus pais.

O irmão de Juca acordou sobressaltado. Olhou para janela e viu que já havia anoitecido. Para ele, o seu sono e o sonho tinham durado apenas uns cinco minutos, mas no mundo dos acordados, horas deviam ter se passado. É engraçado como dormir parece que nos leva para outra dimensão, onde o tempo tem mais pressa e as coisas, menos sentido. Ele foi até a sala com passos preguiçosos e encontrou sua avó e sua mãe começando a montar a árvore de Natal. Reparou nos enfeites num canto do chão da sala e soltou uma risada abafada. Assim como a aleatoriedade da casa, os enfeites da árvore iam das convencionais bolas de Natal até morcegos de borracha reaproveitados do *Halloween*.

O irmão de Juca sentou no chão e foi passando alguns enfeites para a mãe e a avó.

"E o seu pai, está passando o Natal com a família dele?"

"Acho que sim, vó. Na verdade, não ando falando muito com ele. Meu pai nunca fez muita questão de passar o Natal com os pais dele, acho que ele só está evitando a...", neste momento, ele fez um gesto com a cabeça para a mãe dele. Ela estava se divertindo com os enfeites de Natal, decorando alegremente como se fosse uma criança. "Sinto que meu pai está muito sozinho ultimamente."

"Sabe, desde que seu avô morreu, eu passo muito tempo sozinha. É bom ter minha filha por perto. E você aqui me ajudando a montar a árvore. Não deixe seu pai ser sozinho."

"Pode deixar, vou conversar com ele. Pretendo passar o Réveillon com ele ou, pelo menos, o começo do ano. Mas depois quero voltar a ficar aqui com você e minha mãe."

"Faça isso! Agora me passa aquele enfeite ali."

Ela estava apontando para um pingente de cristal dessas lojas de misticismo. O irmão de Juca entregou para a avó com uma cara de riso.

"O que foi?"

"Vó, isso não tem nada a ver com o Natal. Muito menos os morcegos, tenho certeza."

"E daí? Eu também acho que sair presenteando as pessoas loucamente no Natal não tem nada a ver. Eu tinha uma amiga que dizia que não deveria haver datas para se presentear as pessoas. Se você viu algo que você tem condições de comprar e acha que é a cara de alguma pessoa querida, por que não comprar e dar em uma data aleatória?"

"É... parece que nessas datas é meio obrigatório dar presentes para as pessoas. Já fui em muito aniversário que comprei qualquer coisa porque não fazia ideia do que realmente dar para a pessoa."

"Este ano, não vai ter ninguém acreditando em Papai Noel. E haverá muito menos presentes. Os empresários estão muito mais preocupados com a queda das vendas do que com a ausência das crianças nessa época. Já vi propagandas incentivando as pessoas a comprarem brinquedos para as crianças, caso elas voltem. Ridículo, não?"

"Eu já sentia que cada ano que passa, o Natal perdia um pouco mais da graça. Mas este ano, sem criança nenhuma, a data piorou muito mais."

"Minha mãe, a sua bisavó, sempre falava que o Natal não tinha graça sem crianças. Ela ficava me pressionando para ter filhos logo, só pra ter uma netinha pra mimar e sentir de novo a alegria e empolgação de uma criança. Quando sua mãe nasceu, sua bisavó começou a caprichar muito mais nas decorações de Natal."

"Bem, é quase como se tivéssemos uma criança aqui de novo", disse o irmão de Juca olhando para a mãe.

"Acho que a doença da sua mãe é realmente desconhecida. Além de ela se esquecer das coisas, ela age cada vez mais como criança. Sendo sincera, num mundo sem crianças, por um lado isso é até bom."

A mãe de Juca começou a tentar a desfazer os nós das luzinhas para a árvore de Natal. Mas, no meio do processo, pareceu desistir e começou a brincar com um dos enfeites pouco convencionais da avó. O irmão de Juca tinha quase certeza de que o enfeite era uma cabeça careca decapitada de uma boneca que já tinha sido bonita um dia, pendurada por um cordãozinho que seria amarrado em um dos galhos da árvore.

"Ela pode ter esquecido muita coisa, mas ela ainda sabe que eu sou o filho dela. E ela não se esqueceu do Juca também. Você ouviu o que ela disse no presépio?"

"Ouvi sim... apesar de eu estar muito preocupada com ela, eu tenho que admitir que eu gosto dela criança. Principalmente nesses tempos. Os médicos dizem que a tendência é a memória dela piorar cada vez mais, até ela não ter noção de quase nada. Esses dias ela perguntou sobre o "papai", e eu tive que dizer que ele foi viajar. Não consegui dizer pra ela que seu avô já morreu."

"Acho que a gente deveria comprar algum brinquedo pra ela. Acho que tratá-la como criança é o único jeito mesmo."

"O que eu disse sobre presentes numa data específica?", riu a avó. "Estou brincando, podemos comprar algo para ela sim. Os shoppings estão meio deprimentes neste Natal, não quiseram gastar contratando nenhum Papai Noel. Eu sei que não tenho idade para sentar no colo de nenhum Papai Noel, mas eu também tinha os meus pedidos de fim do ano. Fui uma boa garota!"

"O que você gostaria de pedir, vó?"

"Só a saúde da sua mãe e que o Juca e as outras crianças

voltassem", disse a avó, ficando séria de repente. "Deus do céu, como isso foi acontecer sem nenhuma explicação?"

Os três continuaram montando a árvore, agora em silêncio. Depois de um tempo, finalmente conseguiram desfazer o nó das luzes pisca-pisca, envolveram-nas em volta da árvore e ligaram na tomada. Mas ainda faltava algum enfeite no topo da árvore. O irmão de Juca olhou ao redor e ficou aliviado por achar um clássico enfeite de estrela para colocar no topo. Os três pararam satisfeitos para admirar a árvore que haviam montado. A mãe abraçou o filho e disse:

"Feliz Natal, Juca!"

A avó trocou olhares com o neto enquanto ele ainda estava envolvido no abraço da mãe. Aquela troca de olhares estava cheia de preocupação e angústia, os dois sabiam que era mais um sinal de piora da doença. Agora a mãe estava confundindo o gêmeo que havia ficado com o que desaparecera. A única coisa que restava para a avó fazer era também se juntar ao abraço. E então, envolveu os braços ao redor dos dois e lamentou o primeiro Natal da sua vida sem criança nenhuma.

# 13 - NOVOS ARES

A professora estava com um início de depressão. Desde que havia sido demitida, sentia uma grande falta de propósito em sua vida. Ela ainda estava recebendo o seguro-desemprego e não tinha ânimo nenhum para procurar um novo por enquanto. Então, nesses últimos tempos, não aconteceu muita coisa na vida dela. É por isso que passei um bom número de capítulos sem contar nada sobre ela.

Falam que "a falta de notícias é uma boa notícia". Mas essa é só mais outra baboseira que falam por aí. A professora, por exemplo, estava isolada de familiares e amigos. Tinha dias em que passava o dia todo de pijama, não se alimentava direito e chorava antes de dormir. Ninguém estava recebendo notícias sobre ela, mas isso não queria dizer que ela estava bem. Muito pelo contrário! Só que o tempo foi passando e ela conseguiu se segurar para não cair completamente neste buraco.

Hoje, ela sairá para uma entrevista de emprego. Fazia tanto tempo que ela era professora de primário que ela não se lembrava de como se preparar para uma entrevista de emprego, e já estava se sentindo nervosa por saber que seria avaliada. Ninguém gosta muito da sensação de ser avaliado e, no caso da professora, era meio irônico porque ela que estava acostumada a avaliar os outros. Releu o seu currículo algumas vezes antes de sair de casa. Pediam duas cópias, mas ela imprimiu três só por garantia. Era um desafio ser objetiva e ao mesmo tempo falar com palavras bonitas sobre as suas experiências. Tudo que estava escrito ali era verdade, ela jamais mentiria num currículo, mas o buraco no qual ela quase havia caído ainda a puxava às vezes. Por isso, estava com uma síndrome do impostor. Não era mentira que ela já havia dado aulas de alfabetização para adultos como voluntária, mas isso foi apenas durante dois meses. Será que ela deveria especificar que havia sido por um período muito curto de tempo? E o curso de francês? Ela tinha feito todos os módulos, é verdade, mas não praticava há anos. A mesma voz que a fez ir atrás dessa vaga, agora a dizia: "Vá logo para essa entrevista. Melhor do que ficar em casa o dia todo! Você é ótima em ensinar, fez isso boa parte da sua vida. Você está tão desanimada agora justamente porque deixou de fazer o que faz de melhor!"

Ela deixou o carro em casa, precisava economizar dinheiro do combustível. Estava sozinha no ponto de ônibus. Muitas crianças moravam no bairro dela, então ela realmente sentia uma boa diminuição do movimento. Ela estava com a impressão de que a frota de ônibus havia diminuído também, pois o tempo de espera no ponto era maior. Ao longe, percebeu um ônibus escolar se aproximando. Seu coração até deu uma disparada. Será que o desaparecimento das crianças foi apenas coisa da sua cabeça? Será que tinha enlouquecido durante esses dias que ficou isolada em casa?

Antes que pudesse se conter, a professora fez sinal para que o ônibus escolar parasse e para sua surpresa, ele, de fato, parou. Ela só via ocupantes adultos, o que já desanimou a professora. O que ela esperava? Um milagre? Sim, era o que ela estava esperando porque, da mesma forma que havia sido um milagre os menores de dezoito anos terem desaparecido sem mais nem menos, o que impedia a volta deles? A diferença é que não chamamos de milagre algo ruim que misteriosamente acontece. Qual o antônimo de milagre? Acho que esta palavra não existe.

"Moça, moça! Vai entrar ou não?", disse o motorista.

A professora estava distraída percorrendo o ônibus com o olhar, ainda procurando algum passageiro que fosse criança.

"Desculpe, mas por que este ônibus está sendo usado para transportar adultos?"

"Você não viu no noticiário? A prefeitura autorizou os ônibus escolares a serem utilizados como meio de transporte público. Enfim, a senhora vai embarcar ou não?"

"Para onde vai este aqui?"

O motorista a olhou com uma expressão impaciente. Havia o destino da viagem na frente do ônibus, mas a professora estava tão concentrada no fato do ônibus ser escolar, que nem reparou.

"O destino é a estação central do metrô, via Avenida Refugo."

"Serve pra mim, obrigada!"

A professora embarcou. No mesmo instante, lembrou-se da última vez em que havia estado num ônibus daqueles. A excursão era para um parque de diversões, as crianças não ficavam quietas com canções como "O Pedro roubou pão na casa do João". A professora sabia que tinha que ficar muito atenta a todas aquelas crianças, principalmente quando chegassem ao parque. Mas isso não era um incômodo para ela, ela gostava até do barulho que elas faziam. Por isso, estranhou o silêncio daquele ônibus escolar que não estava indo para escola nenhuma. Havia uma estrutura improvisada onde o cobrador ficava e colocava o dinheiro. Ela pagou e sentou-se ao lado de um homem com feições diferentes, que ela não estava acostumada a ver por aí. Devia ser um estrangeiro e ela imaginou que talvez ele estivesse indo ao mesmo lugar que ela. Isso porque ela estava indo a uma instituição de refugiados. Viu um cartaz na rua um dia desses da instituição anunciando que precisavam de professores para refugiados. Era o mais próximo que teria de crianças para ensinar porque, quando você se insere abruptamente em uma nova cultura, é quase como se você tivesse que aprender tudo de novo. Ela olhou para o suposto refugiado com curiosidade, tomando cuidado para não ser notada. Ele parecia cansado e a tristeza, apesar de não estar explícita, também estava naquelas feições.

Os dois, de fato, desceram no mesmo ponto. Ele caminhava um pouco mais a frente, ela o seguiu discretamente. Ela tinha visto o caminho a pé depois de descer do ônibus, pela internet, mas sempre era bom ter alguém que sabia o caminho para seguir. Virando uma esquina, ela logo viu o prédio da instituição. Perto da entrada, havia um cartaz:

NENHUM SER HUMANO É ILEGAL

O homem do ônibus entrou no prédio, como a professora havia suspeitado desde que o havia visto no ônibus. Ela entrou um pouco depois, começando a ficar nervosa com a entrevista de emprego. Por um momento, quase havia se esquecido dela. Deixou-se tomar pela curiosidade que estava sentindo pelo refugiado que estava no mesmo ônibus que ela e pelo local em si.

Lá dentro, havia uma pequena fila para uma recepção. Quando foi a vez dela, a professora informou à recepcionista que tinha uma entrevista de emprego agendada para aquele horário.

"Ah sim, claro! Espere um pouco em alguma daquelas cadeiras. Se quiser água, o bebedouro é no fim daquele corredor."

Reparou que a mulher que estava atrás dela agora falava com a recepcionista em outra língua que ela não conseguiu identificar. Impressionou-se com a habilidade da recepcionista de trocar rapidamente de idioma e manter-se fluente. Quando se sentou, reparou que as pessoas ao seu redor falavam diversas línguas. Algumas ela reconhecia e outras ela até entendia. Não estava tão enferrujada, afinal. A maioria das feições era como as do homem que ela se sentou ao lado no ônibus: incomuns no país dela, mas variadas entre si. Em pouco tempo, ela foi chamada e entrou numa sala com um homem com feições tão estrangeiras que foi uma surpresa quando ele começou a falar a língua nativa da professora perfeitamente.

"Boa tarde! Foi fácil chegar aqui?"

"Ah sim, não é muito longe da minha casa."

"Ótimo, já é um ponto positivo morar perto do local de trabalho, né?"

"Sim!", a professora abriu um sorriso autêntico, sem precisar forçar-se a sorrir só porque estava numa entrevista de emprego. "Bem, eu trouxe as cópias do meu currículo."

"Ah, três cópias em vez das duas que pedimos! Melhor garantir, né? Como todas as cópias chegaram intactas aqui, que tal fazer um aviãozinho de papel com a terceira?"

O homem entregou a terceira cópia para a professora e os dois ficaram se encarando. Ela estava esperando que ele prosseguisse com a entrevista, mas ele disse:

"O que está esperando? Não vai fazer um aviãozinho?"

"É-é sério?", gaguejou a professora. "Achei que você estivesse brincando!"

"E estou brincando! Aliás, quero brincar. Desde que não há nenhuma criança no mundo, alguém tem que brincar no lugar delas, certo? Faça um aviãozinho aí enquanto eu pego um outro papel aqui e faço o meu. Calma, não vou pegar uma outra cópia do seu currículo, não foi para isso que eu pedi duas cópias pra você!", disse isso soltando uma risada, como alguém que estivesse se divertindo com a situação.

A professora nunca imaginaria que a primeira coisa que faria numa entrevista de emprego seria dobrar um avião de papel. Ela não sabia fazer aquele clássico mais pontudo, só um com asas laterais maiores. O homem olhou para o avião dela com certo ar de desdém.

"Ah, você não vai ganhar com um desses! Esse é bom para fazer curvas, mas para voar em linha reta, o meu é melhor."

"Nós vamos competir para ver qual que vai voar mais longe?"

"Exato! Se o seu voar mais longe, o emprego é seu!", disse isso com muita seriedade, mas logo um sorriso malicioso o entregou. "Não, não, estou brincando! Isto aqui é só um quebra gelo."

Não acreditando que estava fazendo isso, a professora acompanhou o homem da entrevista de emprego até o corredor para terem espaço para a competição de aviões de papel. Ele estava certo, o avião que a professora havia feito tinha uma tendência a fazer um voo mais curvado. Já o do homem, voava em linha reta. Mas algo inesperado aconteceu. O avião do homem foi realmente mais longe, mas saiu do prédio por uma janela aberta.

"Acho que isso configura a sua desclassificação, não é?"

"Bem, acho que ir longe demais nem sempre é o melhor negócio."

A professora segurou o impulso de dizer "agora o emprego já é meu", mas quando voltaram para a sala, o momento quase surreal de descontração havia passado. O assunto era sério agora.

"Há quanto tempo você está desempregada?"

"Desde que as crianças desapareceram. Eu tentei convencer a diretora da minha ex-escola a oferecer aulas para adultos, mas não obtive sucesso."

"Ah, sim. Aqui diz que você era professora de primário, mas que também já trabalhou um tempo como professora voluntária na alfabetização de adultos, certo?"

"Sim, sim. Ensinava adultos a ler e a escrever. Mas sendo bem sincera, foi por pouco tempo porque logo depois eu fiquei muito ocupada com muitas turmas na escola e..."

"Não tem problema. O importante é que você esteja ciente de que aqui você terá que ensiná-los muito mais do que ler e escrever, certo?"

"Eu sei, dei uma lida no que vocês exigem, creio que consigo."

"É mais complicado do que só adultos. Aqui serão adultos que desconhecem muitas coisas da nossa cultura. Por eles não saberem como certas coisas funcionam e alguns aspectos da cultura do país, algumas pessoas passam a perna neles e eles são privados de alguns direitos que deveriam ser garantidos para eles."

"Confesso que nem eu sei muito sobre os direitos dos refugiados em nosso país."

"Você terá um treinamento de um mês antes de assumir alguma turma. Se passar no treinamento, lembre-se de que a sua responsabilidade é muito grande. Você será fundamental para ajudar os refugiados a se inserirem no novo país deles."

"E eu também posso me envolver com coisas fora da sala de aula?"

"Sim, mas aí será como voluntária."

"Claro! Espero que dê tudo certo, desde que não posso ser uma professora de primário, sinto falta de ensinar, seja lá quem for."

O homem encarou a professora. Viu nos olhos dela que ela sentia falta mesmo era de ensinar crianças, mas como isso era impossível agora, ela tentava ensinar quem precisasse de conhecimento, seja lá quem fosse. Provavelmente, ela não sentiria o mesmo encanto na profissão de educadora agora que só haveria adultos para ensinar. O homem pensou consigo mesmo que esse talvez fosse um ponto negativo. Talvez ele encontrasse alguém com mais aptidão para ensinar adultos, mas ele havia gostado tanto daquela moça. Apesar de parecer abatida, lá estava ela. Ainda tentando, ainda buscando propósito para a profissão que exercia.

"Sabe aquela gente que estava sentada na sala de espera? Estavam aguardando a aula do idioma nativo começar. Mais tarde, eles vão ter aula de história e cultura. Você deveria acompanhar a próxima aula. Considere já como parte do seu treinamento para trabalhar aqui."

"Muito obrigada! Então já posso esperar aqui?"

"Sim, tem uma padaria logo virando a esquina se você ficar com fome enquanto espera. Ah, e tem mais uma coisa: você disse que tem interesse em se envolver com coisas fora da sala de aula, certo? Como você parece ter mais aptidão com os mais jovens, sugiro você conhecer este orfanato", o homem estendeu um cartão para a professora. "Desde o ocorrido, este orfanato passou a abrigar jovens de 18 até 25 anos. Temos uma parceria e muitos jovens refugiados que chegam até nós passam a morar lá. Talvez você se interesse em fazer uma visita."

A professora guardou o cartão na bolsa. Trocou um aperto de mão com o homem e saiu da sala se sentindo mais leve e feliz como não se sentia há meses. Ela ainda estava muito triste por não haver nenhuma criança no mundo. Sentia falta dos seus alunos, de como se surpreendia com eles, da energia que tinham, da empolgação e até da bagunça. Lembrou-se dos aviõezinhos de papel que os alunos jogavam na direção do ventilador no dia em que sumiram, de como riam quando o avião mudava o seu percurso por causa do ar que o ventilador deslocava e acertava algum outro aluno. Era uma coisa tão besta, mas era uma das coisas que ela sentia falta. Essa infantilidade, essa energia para bagunçar que nenhum adulto tinha. Passou pela recepção, agora quase vazia. Fez um aceno para a recepcionista que acenou de volta e sorriu. Encaminhou-se para a saída do prédio já pensando no que iria comer na padaria, estava com fome. Quando saiu, logo notou o aviãozinho de papel do homem preso no galho de uma árvore.

# 14 - A CAMINHADA ATÉ O GATO

O cachorro foi o primeiro a desembarcar no novo continente. Ele farejava a nova terra freneticamente, como se estivesse absorvendo muitos estímulos novos por meio dos cheiros que ele não estava acostumado a sentir no outro continente. A mãe de Beatriz desceu ao lado do marido aliviada, pois estava ligeiramente traumatizada com os enjoos que havia sentido durante a viagem. A mãe de Lia vinha ao lado do menino e da menina, sem saber como consolá-los direito por a mãe ter morrido durante a viagem. O velho e o pai de Lia foram os últimos do grupo a desembarcar, carregando alguns poucos suprimentos que o homem bom havia dividido entre todos os que fizeram parte desta longa viagem.

Quando todos do grupo e os demais refugiados desembarcaram, o homem bom simplesmente acenou em despedida e voltou para o interior do navio. Já o homem mau nunca mais foi visto. Existem muitas pessoas especiais que passam na nossa vida que, infelizmente, nunca mais vemos. Por mais doloroso que isso possa ser, temos que pensar também que há pessoas ruins que nunca mais vamos ver. No caso desta história, o homem mau vai ficar para trás nessas páginas e o Au au é um dos personagens que mais ficará agradecido por isso.

O grupo se reuniu em uma clareira próxima ao porto. Olharam-se exaustos. Começaram a perceber naquele momento que tudo o que tinham nesse novo lugar era uns aos outros. Estavam com a sensação de que tinham finalmente chegado ao topo de uma montanha. Haviam conseguido completar um grande objetivo, mas logo se entediaram do topo e perceberam que, talvez, a descida fosse ser mais difícil ainda. O que fariam naquele novo continente? Como começariam a vida do zero ali? O menino e a menina, sofrendo com o luto pela mãe, não vislumbravam esperança no futuro. A mãe e o pai de Lia ainda estavam tristes com o desaparecimento da filha. Os únicos que tinham algum norte, pelo menos, eram os pais de Beatriz. A filha poderia não ter desaparecido e agora não havia mais um oceano entre eles para impedir um reencontro.

Os pais de Beatriz precisavam cumprir a promessa de que se reencontrariam com a filha. Se tudo desse certo, ela estaria na casa da tia, irmã do pai de Beatriz. A tia havia mudado de país anos atrás, quando teve a oportunidade de fazer um doutorado em gestão ambiental no exterior. O pai de Beatriz tinha o endereço da irmã anotado, mas nem precisava. Havia decorado, como um mantra que ele não parava de mentalizar.

Todos concordaram que deveriam permanecer unidos e que a primeira parada seria na casa da tia de Beatriz. Aliás, essa era a única parada que tinham em mente por enquanto. O lado ruim de permanecerem unidos é que podiam chamar a atenção dos outros. Afinal, eram um grupo de sete pessoas com roupas surradas e mais um cachorro. Por isso, decidiram caminhar com uma boa distância entre si, mas sem nunca perder de vista uns aos outros. Caminharam desta forma, por um longo período, de forma desnecessária porque não avistaram uma vivalma. A localização do porto deveria mesmo ser em um lugar remoto. Começaram a avistar carros quando a estrada de terra foi deixada para trás e o asfalto surgiu. Mesmo com as placas, não faziam ideia em qual direção deveriam seguir. Talvez fosse necessário tentar pedir alguma informação para algum dos carros que passava, só que duvidavam que alguém fosse parar para eles. Primeiro, porque achariam que eles estariam pedindo carona e, segundo, porque todos estavam em um estado lamentável depois da longa viagem de navio. Eles se olhavam entre si e percebiam o quanto estavam sujos, cansados e abatidos. Quase agradeciam por não terem um espelho por perto, ninguém queria olhar o próprio reflexo e se espantar. E mesmo que alguém parasse, será que conseguiriam se comunicar? O pai de Beatriz poderia mostrar o endereço e torcer para que conseguissem entender as indicações que fossem dadas.

O pai de Lia teve uma ideia da qual não ficou orgulhoso, mas compartilhou com os demais.

"Talvez algum carro pare se for apenas um de nós. Alguém que pareça mais inocente como a menina..."

"Não, não, deixar minha neta sozinha na beira da estrada?", disse o velho.

"Estaríamos por perto, escondidos."

"Eu posso fazer isso, vô, não se preocupe."

Todos ficaram escondidos atrás de algumas árvores e arbustos próximos à estrada, exceto a menina. Apesar de ela estar num estado tão deplorável quanto o dos outros, não demorou muito para que um carro parasse. Ela levava consigo um pedaço de papel com o endereço da tia de Beatriz, para facilitar na hora de conseguir alguma informação.

O carro que parou na beira da estrada para falar com ela estava ocupado apenas por um homem. O irmão e o avô observavam com apreensão de longe, prontos para sair correndo dos arbustos caso algo estranho acontecesse. O homem abaixou o vidro do carro e a menina manteve certa distância, pedindo informações. Observaram de longe a menina estendendo o papel com o endereço para o homem e ela o recebendo de volta. O homem parecia não parar de falar e a menina aumentava a distância entre ela e o carro. Finalmente, a menina foi de encontro aos outros e o carro saiu do acostamento e voltou para a estrada.

"Por que ele demorou tanto para ir embora?", perguntou o irmão.

"Não sei, não entendi direito. Acho que ele estava insistindo para me dar carona. Não queria me deixar sozinha no meio da estrada. Mas enfim, ele tinha uma caneta dentro do carro dele, desenhou um pequeno mapa com a direção que temos que ir para chegarmos à cidade e acho que este aqui é o nome da estação de metrô mais próxima do endereço."

"Não devíamos ter feito isso. E se ele te agarrasse e te colocasse no carro? Não sei se teríamos tido tempo de chegar até você antes dele acelerar!", disse o avô da menina.

"Eu mantive certa distância, estava receosa, mas deu tudo certo! Pelo menos agora temos alguma noção de que caminho seguir."

O cachorro rodeava a todos quando retomaram a caminhada, era o único que ainda tinha certa energia. Não tinham muita água, por isso torciam para que não demorasse muito para que chegassem à cidade. Anoiteceu depressa, mas decidiram não descansar. Era melhor caminhar sem o calor do sol do que esperar o dia amanhecer e fazer a maior parte do trajeto embaixo de um sol escaldante. Além disso, as luzes da estrada permitiam que a caminhada continuasse. Só que, em certo ponto, o cansaço falou mais alto. Já devia ser quase meia noite, tinham feito boa parte do percurso durante o período noturno, mas agora precisavam dormir.

Para quem dorme a céu aberto, o sol é o despertador. Ou, às vezes, nem há despertador porque não se consegue dormir. A menina foi uma das pessoas do grupo que não dormiu a noite toda. Ela não contou para ninguém, mas depois que o homem lhe entregou o papel com as informações para se chegar à casa da tia de Beatriz, ele continuou falando e falando, coisas que ela não estava entendendo direito, até que ela percebeu que ele estava se masturbando dentro do carro. Foi neste momento em que ela se afastou de vez e torceu para que o homem não saísse do carro e fosse atrás dela. Pelo menos ela tinha a segurança de que os outros estariam lá perto e a protegeriam. Por sorte, o homem voltou para a estrada e mais nenhuma confusão foi gerada. A menina torcia para que as informações que pegou com aquele cara realmente ajudassem.

O sol já estava nascendo e a menina não havia dormido um minuto sequer. Tinham colocado uns lençóis no chão, que já estavam sujos. Talvez fosse melhor ter dormido diretamente na grama. Os outros começaram a despertar. O cachorro continuava dormindo com o corpo enrolado, encostado na menina, por isso ela ainda não queria se mover. O amanhecer estava gelado, o que podia ser um incômodo agora, mas todos torciam para que o tempo não esquentasse muito conforme as horas fossem passando. Era mais fácil caminhar com um tempo ameno e nublado.

O desjejum foi algumas latas de legumes que eles conseguiram pegar do navio. Tinham que chegar logo à cidade e se virar para conseguirem mais alimento, pois logo ficariam sem nenhum. A mãe de Beatriz lembrou-se de que hoje era aniversário de sua cunhada. Imaginou

Beatriz em segurança com a tia, as duas felizes comemorando o aniversário juntas. Desejou que o que estava imaginando fosse realmente verdade porque, se fosse, estaria muito próxima de dias mais felizes. Imaginou-se até mesmo chegando à casa da cunhada, abraçando a filha com força e comendo alguma sobra do bolo. Tinha que admitir: estava faminta.

O velho e seu neto eram os que lideravam a caminhada do grupo. O neto estava comentando que era uma baboseira o grupo caminhar com certa distância entre eles. E daí que chamassem atenção? O velho disse que nunca se sabe quando policiais podem achar suspeito um grupo consideravelmente grande de mendigos vagando por aí. E, se isso acontecesse, podiam acabar sendo mandados embora de volta para o país deles, talvez. Só depois de um tempo, o velho se deu conta de que usou a palavra "mendigos". Era o mais velho do grupo, durante sua vida inteira, nunca imaginou que estaria numa situação como essa. Ser mendigo é algo que acontece com os outros, não com você. No máximo com um conhecido de um conhecido que você ouviu falar que ficou doido, mas lá estava ele se chamando de "mendigo". Lembrou-se de como lidava com um: passava rápido, evitando olhar e geralmente ignorava se houvesse algum pedido de esmola. Quando chegassem à cidade, teriam que se acostumar a estar deste lado da situação? Ou será que logo conseguiriam trabalhar em alguma coisa e ganhar algum dinheiro e dignidade? A percepção da situação em que estavam parece que veio com tudo. O velho começou a ficar preocupado com várias coisas. Com o futuro, com os seus netos órfãos, com quando comeriam uma refeição decente de novo, com como seria a nova vida deles naquele país que agora parecia cheio de ameaças... Por isso, resolveu focar-se no objetivo de agora: ajudar os pais de Beatriz a reencontrarem a filha. Teria que aprender a viver um dia de cada vez, ou melhor, meio dia de cada vez.

O grupo do meio da caminhada era formado pelas mulheres. A mãe de Beatriz e a mãe de Lia perceberam certa inquietação da menina. A princípio, a garota não queria dizer nada sobre o ocorrido, mas agora que estava só entre mulheres, se sentiu mais à vontade para desabafar. Contou como o homem do carro, após entregar o papel com as informações, começou a falar diversas coisas que ela não entendia, mas que tinham certo tom de cantada. E como a partir deste momento, ela decidiu se afastar mais do carro. Foi aí que ela percebeu que o homem começou a se masturbar e ela virou as costas, apavorada.

"Por que você não contou pra gente antes? Talvez devêssemos ter anotado a placa do carro ou...", ia dizendo a mãe de Lia.

"Não ia adiantar em nada. Não estamos numa posição favorável para buscar as autoridades, de qualquer forma. E por favor, não contem para o meu avô e meu irmão. Aliás, não contem pra ninguém! Se o seu marido souber disso, ele vai ficar se sentindo culpado. Afinal, foi ideia dele eu ficar sozinha para pedir alguma informação, mas eu topei!"

"Foi uma péssima ideia, de verdade. Usamos você como isca. Nojento como os homens param e buzinam para as mulheres", disse a mãe de Lia.

"Nunca mais vamos andar separadas por aí. Ainda mais sem entender direito o que as pessoas estão dizendo neste país. Conta com a gente", disse a mãe de Beatriz, olhando com carinho para a menina. A menina abriu um sorriso depois de muito tempo sem sorrir. Achou até que tinha desaprendido a mover os músculos do rosto dessa forma. Foram dias muito difíceis. Não há como explicar a dor de perder a mãe em palavras, por isso, ela permaneceu o mais quieta possível nos últimos dias. Sabemos que a morte é algo natural, que faz parte da vida envelhecermos e que uma geração substitui a outra (o que parece que não será o caso nesta história), mas tem algo de muito ruim nessa troca de uma geração para a outra. Saber que a pessoa que te deu a vida não existe mais é algo muito cruel. E digo "dar a vida" nos dois sentidos: tanto no sentido da mãe biológica que pariu quanto da mãe adotiva que "deu a vida" ao se dedicar tanto para criar o filho ou a filha. A menina, pensando na mãe, não via sentido em como a mãe, fonte da sua vida, estava morta e ela continuava viva. Como isso era possível? Ela era uma extensão direta da mãe. Quando uma árvore morre, seus galhos, suas folhas e suas flores morrem também. Mas lá estava ela, mais viva do que nunca. Quem visse de fora, diria que ela parecia sem vida, murcha, sem brilho no olhar, mas não era isso que definia se alguém estava vivo ou não. A menina se sentia extremamente viva porque ela (e só ela) sabia o quanto de dor e angústia sentia por dentro, o que a fazia desejar deixar de existir por um tempo para que a dor fosse embora também. Por isso, se viu surpreendida quando percebeu que abriu um sorriso. Talvez ter sentido uma ligação, pequena que fosse, com aquelas duas mulheres tenha feito ela se sentir um pouco mais viva, mas, desta vez, viva no sentido de ter recuperado certo brilho no olhar por alguns momentinhos.

A última parte do grupo era formada pelo pai de Beatriz e o pai de Lia. Os dois ficaram mais atrás na caminhada e às vezes tinham a companhia do Au Au, que, na verdade, não havia se decidido muito bem em qual grupo ficar, pois ele alternava entre os três. Ele apresentava sinais de cansaço como todos, mas havia uma energia nele que não havia em mais ninguém do grupo. Os cães devem saber que não vivem tanto assim, por isso, gostam de viver energicamente e não ficam tão presos às tristezas do passado. Quando sentia sede, ia até a menina que dava goles generosos para ele. Os outros pareciam querer poupar mais seus cantis de água. Já a comida duraria só mais uma refeição, mas o cachorro parecia ter resgatado os antigos instintos dos lobos e conseguia caçar pequenos animais na beira da estrada.

"A forma como estamos organizados nessa caminhada me lembrou de uma alcateia de lobos", disse o pai de Lia.

"Dizer alcateia de lobos não é pleonasmo?", questionou o pai de Beatriz.

"Sabe, eu estava querendo estabelecer uma conversa mais interessante aqui do que de alguém me corrigindo", disse o pai de Lia sorrindo.

"Ah, me desculpe, minha mulher é professora. Acho que peguei um pouco dessa mania dela. Acho que fiz a pergunta errada, né? Vou dizer o que você estava esperando: por que acha que nossa caminhada lembra uma alcateia... de lobos?", o pai de Beatriz acrescentou "de lobos" na sua frase de forma hesitante, sem ter certeza se era certo ou não afinal. O pai de Lia revirou os olhos e abriu um sorriso só com o canto da boca, como se dissesse "não importa se é pleonasmo ou não".

"Os lobos da frente são os mais velhos ou doentes, os que dão ritmo à caminhada. Se fossem os últimos, poderiam ser mortos ou ficariam para trás. Já os..."

"O vovô ali pode ser o mais velho do grupo, mas a caminhada dele está longe de ser lerda", interrompeu o pai de Beatriz.

"Tá, eu sei. Mas ele é o mais velho, ué. Continuando... No meio do grupo, ficam as lobas que precisam ficar bem protegidas também. Nós seríamos a retaguarda, os que protegem os outros lobos dos perigos que podem vir. E também temos que ter uma visão do grupo todo aqui de trás para guiá-lo e liderarmos os outros."

"Eu não me sinto nem um pouco como líder. Pra começo de conversa, quem conseguiu alguma informação de que caminho seguirmos foi a menina."

"Eu só disse que a gente lembra uma alcateia de lobos, não que somos uma!"

"A gente parece dois moleques discutindo por algo besta", disse o pai de Beatriz achando graça. "O Au Au deve estar meio confuso com os instintos de lobo dele, porque ele não para quieto em um dos grupos de caminhada."

"Tenho a impressão que as pessoas estão ficando levemente mais infantis depois do grande desaparecimento, você não acha?"

"Acho que deve ser algum tipo de compensação inconsciente."

Eles não tinham como saber, mas a professora teve este mesmo pensamento, principalmente após a entrevista de emprego que envolveu aviõezinhos de papel. Num mundo sem crianças, a infantilidade mostrou-se algo praticamente necessário.

Os nossos caminhantes estavam com sorte, ou melhor, menos azar, porque a estrada tornou-se metrópole antes do anoitecer. Perceberam também que o endereço da tia de Beatriz era na periferia da cidade e coincidia com o caminho pelo qual estavam chegando. Os pais de Beatriz sentiram seus corações dispararem, como um detector de ouro que vai ficando mais histérico conforme se aproxima do tesouro. Será que veriam a filha deles novamente já naquela noite?

Na cidade, o grupo de refugiados permitiu-se deixar de lado a tática de caminharem separados, pois havia tantas pessoas na rua que o grupo mesclava-se e passava despercebido. Inclusive, as pessoas pareciam evitar trocar olhares com eles e buscavam passar com certa distância, talvez por causa do mau cheiro ou por um medo qualquer. O velho pôde sentir na pele o que já imaginava que aconteceria: aos olhos dos outros, eles eram mendigos. Sentiu-se menos incomodado da forma como as pessoas lidavam com eles do que imaginava. Ser invisível naquele momento era oportuno. O velho ainda não sentia que era um mendigo, talvez fosse porque ainda não havia passado vários dias na rua e esperava que isso não acontecesse.

Agora que estavam tão perto, tudo parecia paradoxalmente tão distante. Cada rua parecia ser interminável. A cada virada, ficavam em dúvida se estavam no caminho certo. Quando conhecemos um lugar como a palma da nossa mão, muitas vezes entramos em um modo automático que parece fazer o caminho para nós e, às vezes, nos surpreendemos em como mal notamos o trajeto. Porém, quando estamos em um lugar desconhecido, tudo é novidade. O nosso cérebro processa cada detalhe, absorve muitas novas informações e o trajeto parece interminável.

A mãe de Beatriz se viu surpresa ao entender o que algumas pessoas que passavam pela rua diziam. Virou-se para o marido e percebeu que ele também estava ouvindo aquele idioma familiar.

"Como assim? Por que as pessoas estão falando a nossa língua aqui?", disse a mãe de Beatriz.

"Acho que isso não é tão incomum nesse bairro. Faz sentido, é o bairro da minha irmã, ela buscaria morar em algum lugar onde encontraria semelhantes."

Os dois sorriam um para o outro. Viam que estavam exaustos, mas a empolgação com a proximidade da casa da tia de Beatriz trazia uma nova energia. Um brilho no olhar dos dois que dividia a mesma esperança: reencontrar a filha. Essa energia era tão forte que até os outros do grupo começaram a senti-la também, apesar da fome, do cansaço, da sede, do luto e de tudo o mais. O cachorro até começou a abanar o rabo na hora. Depois do que pareceu uma eternidade, finalmente estavam na rua da casa que buscavam. O sol já havia se posto totalmente, mas alguns raios de sol teimosos ainda iluminavam algumas nuvens. Assim como a penumbra daquele exato momento, que marcava a transição do dia para a noite, em que eles chegavam aos pés da pequena escada da casa que procuravam, parecia que os pais de Beatriz finalmente teriam um momento de transição em suas vidas também.

O pai de Beatriz tocou a campainha, todos do grupo estavam atrás dele, curiosos para ver a porta se abrindo. Quem abriria a porta: sua irmã ou sua filha? As luzes da casa começaram a se acender. Seja lá quem estivesse vindo atender a porta, deveria estar mais nos fundos da casa. Não farei mais mistério para o leitor ou a leitora: quem atendeu a porta não foi a tia nem a Beatriz. Mas, nesse breve minuto entre o momento que o pai de Beatriz tocou a campainha e ela foi atendida, quem estava do outro lado da porta poderia ser e, ao mesmo tempo, não ser Beatriz. Assim como na experiência mental do Gato de Schrödinger, o gato poderia estar vivo e, ao mesmo tempo, morto dentro da caixa. Estou muito longe de entender qualquer coisa sobre física quântica, mas entendo sobre esperança. E também acho que entendo sobre a necessidade de se ver para crer.

Os pais de Beatriz tinham fé que reencontrariam a filha, e essa fé era baseada em algo que não se vê. Principalmente quando estavam tão distantes, do outro lado do mundo. Mas eles decidiram acreditar que o reencontro com a filha seria possível, mesmo sem muitas coisas palpáveis e visíveis que indicassem que isso de fato acontecesse. Podem dizer o que quiser sobre o quanto é importante acreditar mesmo sem ver, mas a coisa mais importante ainda é ver para crer. E os pais de Beatriz nunca desejaram tanto alguma coisa como ver a filha deles quando aquela porta se abrisse. Porém, como eu já disse, não foi a Beatriz quem abriu a porta, nem sua tia. Quem abriu a porta foi uma idosa de pijamas, apesar de o sol ter acabado de se por. Ela estava com uma expressão carrancuda, como se a última coisa que esperasse fosse receber visitas. Quando percebeu o estado das suas visitas, ela franziu o nariz e não conseguiu disfarçar para aquelas pessoas em frente à sua porta que elas não estavam cheirando muito bem.

"O que foi? Tô sem dinheiro."

Ninguém do grupo entendeu nada. A velha pareceu perceber pelas expressões confusas dos rostos daquela gente que eles não eram daquele país. Então mudou o idioma que estava falando.

"Ah, vocês são de fora. Falam a mesma língua que boa parte das pessoas que moram nesse bairro, certo?", disse a velha, ainda num tom um pouco irritado.

"Isso mesmo! Desculpe incomodá-la, senhora, mas tenho quase certeza que minha irmã que morava aqui. Ela se mudou?", disse o pai de Beatriz.

O rosto carrancudo da velha desmanchou na hora. A irritação evaporou-se e o nariz dela não notava mais que seus visitantes estavam dias sem tomar banho. A expressão da velha parecia agora ser de condolência e compaixão, o que deixou os pais de Beatriz apreensivos.

"Bem, eu não moro aqui há muitos meses. A antiga moradora, sua irmã, creio eu, faleceu por conta de um infarto fulminante. Foi o que me contaram. Eu sinto muito."

Apesar da compaixão, a velha não tinha intenção nenhuma de convidar aquele grupo de pessoas sujas a entrar. O baque que o pai de Beatriz sentiu não receberia cadeira, água ou qualquer outro mínimo conforto que qualquer ser humano merece ao receber uma notícia dessas. O choro foi no meio da rua, na dureza do concreto e na dureza da realidade que descobriram atrás daquela porta.

# 15 - A LIGAÇÃO E O DESLIGAMENTO

Voltei para a minha casa por alguns dias, eu não queria voltar por dois principais motivos: primeiro, não queria deixar minha mãe sozinha na casa da minha avó. Ela está cada vez mais esquecida e sem forças. Teve uma semana em que ela mal saiu da cama. Segundo, estar de volta no quarto que eu dividia com o Juca não me faz bem. Tudo aqui lembra ele, e não é que eu não ficasse já pensando nele o tempo todo antes, mas com as coisas tão palpáveis assim, tudo fica mais insuportável. Quando você é irmão gêmeo idêntico de alguém, por mais que sejamos duas pessoas completamente diferentes em muitos aspectos, não há como negar que você acaba se vendo muito no outro. E ele ter desaparecido é como se parte de mim mesmo tivesse desaparecido também, porque toda a minha vida foi moldada juntamente com a dele. Não estou dizendo que seja verdade aquela baboseira de que irmãos gêmeos têm uma conexão tão profunda que até conseguem ler a mente um do outro. Mas sim, existia um tipo de conexão. A gente sempre ficava doentes juntos, mesmo quando estávamos distantes. Então, não era uma questão de só um passar por outro. Quando um acordava bem-humorado, o outro também acordava bem. O problema era nos dias que acordávamos com mau humor. Não sei como meus pais aguentavam. Quando se têm gêmeos, tudo vem em dobro. O que pega pais de primeira viagem mais de surpresa ainda.

Nós não aprontávamos muito na escola, mas fizemos algumas coisinhas sim, admito. Não sei por que, geralmente, separam irmãos gêmeos da mesma turma na escola. Como se a gente fosse brigar em sala de aula ou comparar as nossas notas. Já tínhamos tempo para brigar em casa e as notas, inevitavelmente, seriam comparadas em casa também. Talvez, separar irmãos gêmeos não tenha a ver com a gente em si, mas com os outros. Deve ser uma questão de facilitar a vida dos professores e dos colegas para não nos confundirem em sala e, sei lá, um ser mandado pra diretoria por conta de uma coisa que o outro fez, ou evitar a possibilidade de quando um faltar, o professor ficar na dúvida de quem realmente faltou. Bem, sobre as coisinhas que a gente fazia na escola, elas têm a ver justamente com o fato de estudarmos em salas diferentes. Numa prova de matemática que o Juca não sabia muito bem a matéria, eu fiz a prova no lugar dele. Ele entrou na minha sala se passando por mim e eu, na sala dele me passando por Juca. Eu achei o máximo, me senti um agente secreto. Nesse dia, combinamos de evitar ao máximo conversar com nossos colegas para ninguém desconfiar que um estava se passando pelo outro. Nós sempre tivemos o mesmo estilo e corte de cabelo, então era fácil trocarmos de lugar. A gente sempre compartilhou roupas, inclusive. Essa semelhança toda me deixava com uma pira: e se eu fosse o Juca originalmente e ele fosse eu? Porque bebê já é tudo meio igual mesmo, então eu acho muito provável que a gente tenha sido trocado um pelo outro na maternidade ou em qualquer outro momento quando éramos bebês! Há um tempo, eu li "100 Anos de Solidão", do Gabriel García Márquez. Na história, tem uns irmãos gêmeos que foram trocados quando nasceram e destrocados quando morreram na hora do enterro porque um foi enterrado na lápide do outro. No fim das contas, acho que deu na mesma! Mas as coisas podiam ser piores. O Juca e eu poderíamos ter nascido numa cultura indígena que mata um dos gêmeos assim que eles nascem. Sabiam disso? Eu não sei se é verdade, mas ouvi dizer que alguns indígenas faziam isso. Eu não os julgo, se a gente for parar pra pensar, gêmeo é um troço muito estranho mesmo. Duas criaturas idênticas que nascem juntas! Sem a ciência pra explicar esse fenômeno, eu ficaria cabreiro também. Eu sei que é meio estranho eu ficar falando de morte sem o meu irmão aqui. Mas ele não morreu, eu não acho que ele tenha morrido. Pra mim, se trata de um caso de desaparecimento bem estranho, porque não dá nem pra espalhar cartazes de desaparecido por aí. Sei que isso aconteceu no mundo todo, mas o fato de ser inexplicável deixa tudo mais difícil. Como aceitar algo que vai contra qualquer lógica? Acho que minha mãe começou a ficar ruim mesmo depois que o Juca sumiu. Falam que é impossível morrer de tristeza, mas eu não acho. Eu não sei que doença minha mãe tem, mas acho que é tristeza pela ausência do Juca juntamente com comportamentos infantis. Li uma reportagem esses dias que dizia que muitas pessoas ao redor do mundo estão tendo comportamentos mais infantis, mas nunca li nada parecido com a doença da minha mãe. A psicologia explica que esses comportamentos são uma tentativa inconsciente coletiva de suprir a falta das crianças, algo assim, eu acho.

Ouvi o telefone tocar umas três vezes e meu pai atender. Ele falava baixinho, mas não parecia que era porque não queria ser ouvido. E, sim, porque era uma conversa delicada. Em muitos momentos, ele ficava em silêncio, ouvindo mais do que falava. O silêncio de quem não sabe o que dizer. Pra mim, o silêncio é pior que o grito. O grito ainda quer dizer presença, calor, intensidade. O silêncio é reservado para coisas tristes, o luto, a ausência, a saudade.

Então, minha vida tem sido um mistério. Não sei por que meu irmão sumiu. Não sei qual é a doença da minha mãe, e meu pai tem agido muito estranho. Me pergunto se ele guarda algum segredo. Quero acreditar que meu irmão e todos os outros vão voltar um dia, assim como sumiram sem explicação, voltarão sem explicação. E quando meu irmão voltar, tenho certeza que minha mãe vai melhorar. Ela só não soube lidar muito bem, mas ela é uma mulher forte. E tenho muito o que agradecer à minha mãe. Pra começo de conversa, ela que escolheu nossos nomes e ela não caiu no clichê de dar nomes com a mesma letra pra nós. Podem reparar, a maioria dos irmãos gêmeos começa com a mesma letra. Mas nós não! Ele é Juca e eu sou...

"Filho, sua avó está no telefone e quer falar com você", meu pai disse afinal, com certo tom melancólico.

Geralmente, eu adorava quando minha avó me ligava. Mas desta vez, atendi infeliz o telefone. Eu sabia que minha mãe não estava bem, e apesar de eu não saber quem era no telefone quando meu pai atendeu, eu imaginava que poderia ser algo sobre a minha mãe. E eu estava certo.

"Oi, querido. Sua mãe precisa de você aqui. Ela está sentindo muito sua falta."

"Como ela está, vó?"

"Ela anda muito cansada. Fica muito na cama, mas você aqui vai dar uma animada nela."

"Vó, por favor, me conte direito como está minha mãe."

"Venha amanhã cedo, assim que puder. Durma bem aí, te amo", minha avó disse tudo isso rapidamente, como alguém que não estivesse bem para continuar com palavras e que precisasse do seu silêncio. O seu silêncio de tristeza. Pouco antes de ela desligar, notei um choro que começava a se formar. Devolvi o telefone ao seu lugar e encarei meu pai. Ele parecia acabado, praticamente irreconhecível. A impressão era de que ele tinha envelhecido dez anos em dez dias. Mas algo em seu olhar angustiado demonstrava o oposto da necessidade do silêncio. Ele precisava dizer algo, ou seria esmagado pelo peso se não dissesse nada. Eu já sabia o que era. Minha mãe estava sob cuidados paliativos, não tinha mais jeito. Ele sabia disso e precisava me contar. Mas eu estava enganado, não era isso que o estava esmagando por dentro.

"Pai, o que a mãe tem?"

"Nenhum médico sabe, filho. Ela esteve no hospital. Há mais doenças desconhecidas do que imaginamos."

Ficamos em silêncio por um bom tempo. Eu sabia que não adiantaria perguntar mais nada sobre. Meu pai estava incomodado com o silêncio e continuou.

"Sua avó já comprou sua passagem de ônibus para a cidade dela para amanhã de manhã. Sua mãe precisa de você lá, mesmo que talvez ela não se lembre de quem você é, ou quem eu sou."

"Eu vou, claro. Mas do jeito que você está falando, parece que você não vai junto."

"Sua mãe nunca mereceu um marido como eu. E nem você merece um pai assim. Não fui sincero com vocês sobre minha doença."

O que meu pai estava dizendo? Doença? Ele também estava

doente? O que estava acontecendo com minha família? Eu não tinha forças para verbalizar essas perguntas, mas meu pai sabia que precisava continuar falando e esclarecer as coisas.

"Eu não consigo visitar sua mãe agora. Eu quero começar um tratamento psicológico intensivo antes. Eu me sinto culpado pelo o que aconteceu no mundo. Inclusive com o Juca. Vou te contar o que falei para o padre naquele dia que fiquei depois da missa."

Tudo o que eu ouvi era demais para mim, um garoto de apenas 18 anos. Uma das pessoas mais jovens do mundo atualmente. Depois que ele terminou, senti a necessidade do silêncio se instaurando em mim. Não havia o que dizer. O que ele me contou faria qualquer um ficar chocado. E não é que eu não tenha ficado, mas havia tanta coisa se passando na minha cabeça que eu só consegui sentir tristeza e cansaço. Meu pai pareceu perceber que eu não falaria nada a respeito da revelação dele, então só acrescentou:

"Filho. Diga a sua mãe que eu a amo."

Acenei com a cabeça e fui dormir, sem jantar, sem tomar banho, sem vontade de viver.

## 16 - BEATRIZ

A mãe de Beatriz olhava em direção à porta que antes pertencia a sua cunhada, ainda sem aceitar direito o que havia acabado de acontecer. Depois de alguns minutos, continuavam lá perto, sem forças para se afastar do lugar em que haviam depositado todas as suas esperanças como ponto de reencontro com a filha. Os pais estavam inconsoláveis. Além de não terem reencontrado a filha, descobriram que a tia estava morta. Os pais de Lia sentaram na calçada ao lado deles, oferecendo um ombro amigo para chorarem. Os quatro nunca foram muito próximos durante o período em que moravam no acampamento improvisado lá no país deles, mas, depois de passarem por tantas coisas juntos e compartilharem dores parecidas, sentiam que a única coisa que tinham era uns aos outros.

A menina, o menino e o avô conheciam o grupo há menos tempo, então observaram o sofrimento alheio com respeito, mantendo-se um pouco afastados. Mas o Au Au, não conhecendo as peculiaridades do comportamento humano, aproximou-se dos pais de Beatriz e lambeu carinhosamente as mãos deles. O avô virou-se para os netos e os abraçou, como se dissesse sem palavras como estava grato por eles terem idade suficiente para não terem desaparecido. A menina comentou com os dois:

"Queria poder ajudar mais. Queria saber como é essa tal de Beatriz, sair por aí e ajudar a encontrá-la."

"Você acabou de me dar uma ideia!", o irmão olhou empolgado para a irmã e foi em direção à porta da velha carrancuda. Em vez de tocar a campainha, bateu na porta quase freneticamente. O barulho chamou a atenção do grupo todo. Os pais de Beatriz estavam confusos, mas a irmã do menino parecia entender o que o irmão estava fazendo, então, subiu os poucos degraus da entrada e ficou ao lado dele. No momento seguinte, a velha voltou a abrir a porta, mais confusa do que irritada.

"Pois não?"

"Senhora, desculpe incomodá-la novamente. Gostaria de perguntar só uma coisinha. Por acaso, você lembra se, meses atrás, alguma menina mais ou menos da nossa idade bateu aqui na sua porta?"

"Garoto, minha memória não é tão boa assim para eu me lembrar de alguma visita de meses atrás."

"Para ser mais preciso, estava me perguntando se a filha desse casal que você acabou de atender não teria passado aqui em algum momento. Ela tinha o endereço daqui, devia estar em busca da tia também. O nome dela é Beatriz."

A velha pensou por um instante, olhou para os rostos dos pais de Beatriz que estavam observando a cena um pouco mais adiante, como se estivesse analisando alguma coisa. Voltou-se para o menino e respondeu:

"Minha memória não é muito boa, mas sou boa em reconhecer fisionomias. Agora que você perguntou, me lembrei de uma garota que apareceu por aqui nos primeiros dias que me mudei pra cá. Ela definitivamente tem os traços daqueles dois. Ela deve ter aparecido aqui umas duas semanas antes do grande desaparecimento."

"Então você não a viu depois do grande desaparecimento?", perguntou a menina.

"Eu acabei de dizer que deve ter sido umas duas semanas antes, acho. Ela não apareceu mais aqui."

"Então a tia dela já tinha falecido quando ela chegou aqui, você já estava ocupando a casa! Ela perguntou da tia para você? Qual foi a reação dela quando você disse que ela tinha morrido?", disse o menino.

"Bem, ela não me disse que estava procurando a tia neste endereço. Referiu-se à tia me informando o nome completo dela, e quando eu contei que esse era o nome da antiga moradora, ela perguntou onde ela estava. Aí contei que fui informada que ela havia falecido. A menina... Beatriz o nome dela, certo? Bem, a Beatriz pareceu muito impactada com a notícia, mas não disse mais nenhuma palavra para mim. Na verdade, tratou de se afastar logo e não tenho ideia para onde ela foi."

Os dois agradeceram a velha pelas informações. Elas não eram muito animadoras, a única coisa que sabiam agora é que Beatriz havia sido vista, mas antes do grande desaparecimento. Ou seja, isso não respondia a principal questão: teria ela completado 18 anos a tempo de não ter desaparecido? A menina e o menino compartilharam com os pais de Beatriz e os outros do grupo o que foram fazer ao bater na porta novamente. A menina sugeriu que saíssem perguntando pelas redondezas se mais alguém havia avistado a Beatriz há mais ou menos umas duas semanas antes do grande desaparecimento. E foi exatamente isso que fizeram. Descobriram que muitas pessoas daquele bairro realmente falavam a mesma língua que eles, e boa parte vinha do mesmo país também. Apenas um homem gordo, cheio de tatuagens, parecia ter visto Beatriz. Provavelmente ele a viu no mesmo dia em que a velha a atendeu em sua porta. Ele disse que só reparou nela porque ela passou chorando, apressada, talvez na direção da estação de metrô. Os pais de Beatriz sabiam que era uma pista muito vaga de tempos atrás, mas pediram que o grupo os acompanhasse até a estação de metrô. Chegando às proximidades da estação, não descobriram mais nenhuma pista sobre a filha, mas conheceram pessoas muito prestativas. Eram conterrâneos que também estavam vivendo como refugiados naquele país. Explicaram como podiam dormir e até tomar banho em algumas igrejas. Para ganhar um dinheirinho, vendiam desde pastéis até brinquedos nas proximidades do metrô. Uma mulher baixinha e sorridente ofereceu água e comida para todos e disse que eles poderiam começar trabalhando com ela, vendendo garrafas d'água, até conseguirem se estabelecer melhor de alguma forma.

Estabelecer-se de alguma forma para um refugiado é um grande desafio. Boa parte dos refugiados tinha uma boa profissão em sua terra natal, mas geralmente é preciso pagar uma alta taxa para que seu diploma seja validado em outro país, sem falar de todas as outras burocracias para que sua situação no novo país seja regulamentada e você tenha todos os documentos necessários para ter uma vida mais digna e com direitos assegurados.

O grupo ficou alguns dias com essas pessoas próximas do metrô. Pelo menos, haviam encontrado nelas algum tipo de familiaridade e refúgio. Mas, durante esses dias, não obtiveram sucesso em relação à busca de Beatriz. E nada de muito relevante aconteceu. Por isso, vamos para outra parte da história.

---

A professora estava se sentindo um pouco melhor. O treinamento na instituição para refugiados havia começado, ela passou a assistir algumas aulas. Algumas turmas de refugiados falavam a mesma língua que ela, o que ajudava. Mas ela também poderia se arriscar em alguma língua estrangeira. A aula era de História sobre o país da professora. Ela observava o professor e fazia anotações num formulário, para provar que estava ciente do passo a passo e da metodologia, mas sua cabeça estava em outra coisa. Hoje, ela pretendia passar no orfanato que o entrevistador havia indicado para ela. Queria entrar em contato com pessoas mais jovens. Às vezes, abria a bolsa só para olhar o cartão com o endereço do orfanato que trazia consigo que, a essa altura, nem era mais necessário, pois ela havia decorado todas as informações contidas nele.

Quando a observação de aula acabou, a professora se despediu rapidamente do professor de História e passou quase correndo pela recepção do instituto dos refugiados. A recepcionista teve que gritar o nome dela para que ela não se esquecesse do guarda-chuva que deixou na entrada. Não estava chovendo tanto como na hora em que ela chegou, mas havia uma garoa insistente e chata, então realmente teve que usar o guarda-chuva que estava deixando para trás.

Poderia ir de ônibus para o orfanato, mas logo viu um táxi passando e achou melhor sair logo daquela garoa chata. Fez sinal meio que em cima da hora e o táxi acabou parando abruptamente. Quando a porta se abriu, surpreendeu-se com a música que saia de dentro do carro. Era uma música infantil e animada demais, que causava um contraste com o dia cinzento e chuvoso. Quando a professora entrou, a motorista começou a abaixar o volume, meio constrangida. Apesar da música animada, curiosamente ela parecia estar com os olhos marejados, como se estivesse chorando.

"Me desculpe, não tinha visto o seu sinal."

"Eu que peço desculpas, fiz sinal de última hora. Tive a sorte de sair para rua e logo ver o seu táxi passando."

"Não tem problema! Bem, qual o destino?"

"Vou para o orfanato, aquele perto da prefeitura, sabe?"

"Sei sim, ouvi dizer que agora está abrigando jovens de até 25 anos, não é?"

"Sim... muitas coisas tiveram que ser adaptadas."

As duas não conversaram muito mais durante a viagem. A professora começou a ligar os pontos dentro da sua cabeça em relação aos olhos marejados da motorista e a música que estava tocando. Reparou que havia uma foto de um menininho no painel do carro. Provavelmente, a música infantil que estava tocando deveria ser uma das favoritas do filho dela e, pouco antes da professora fazer sinal de última hora para que o táxi parasse, a mãe daquele garotinho deveria estar dirigindo saudosista, ouvindo uma música que seu filho sempre pedia para que ela colocasse. Claro que a professora achou indelicado tocar no assunto, mas não pôde deixar de sentir que, sem querer, havia invadido um momento íntimo e delicado. Quando o carro parou em frente ao orfanato, a professora pagou com uma nota alta e não quis receber seu troco.

Quando atravessou a porta de entrada do orfanato, a professora não imaginava que, diferente da porta da casa da velha carrancuda, esta tinha atrás de si a maior alegria que certos pais estavam buscando.

---

Este ano, eu tive o pior aniversário da minha vida. Longe dos meus pais e do meu país, achei que pelo menos eu teria minha tia por perto, mas ela faleceu algumas semanas antes de eu chegar aqui. Além disso, foi no meu aniversário de 18 anos que o grande desaparecimento aconteceu e, pelas minhas contas, foi praticamente ao mesmo tempo em que eu nascia há 18 anos. Mas cá estou eu. Às vezes, eu queria que eu tivesse sumido também. Quem sabe todos os menores de 18 anos estejam num lugar melhor, sem adultos, em um planeta mais simples?

Não sei se quero continuar num planeta em que minha casa foi bombardeada. Se não fosse a guerra, eu ainda estaria com meus pais no meu país. É engraçado como as pessoas acham que estou aqui querendo roubar o emprego delas ou como me veem como uma invasora. Como eu posso ser invasora no meu próprio planeta? Eu falo uma língua diferente, mas não sou um *alien*, sabe? Eu entenderia a preocupação das pessoas numa invasão alienígena, eu também estaria preocupada, seria algo completamente desconhecido. Mas eu sou humana também, não tem nada de tão diferente. Eu amava o meu país, juro que não queria sair de lá, mas acho que deveria ser direito de todo o ser humano poder viajar livremente por todo o mundo. Só temos uma vida, devíamos ter direito de poder explorar todos os lugares e cantos possíveis do nosso próprio planeta. Mas inventaram essa coisa de países, fronteiras, religião... tudo para nos dividir mais. E a guerra agora fez eu me separar dos meus pais. Me pergunto se eles estão vindo atrás de mim ou se acham que eu desapareci. Ouvi notícias de que a guerra piorou no nosso país, estou preocupada! Faz dias que ando pensando em voltar para a antiga casa da minha tia, mesmo que ela não esteja mais lá. Aquela casa seria o primeiro lugar onde meus pais me procurariam, preciso avisar que estou segura, num orfanato. A única coisa que tenho dos meus pais é uma foto, só que tenho um método de me lembrar melhor deles: desenhando. Fiz curso de pintura lá no meu país, mas aqui no orfanato não tem tela e tinta. Seria pedir demais, né? Então estou desenhando no papel mesmo. As fotos nos ajudam a recordar, mas para realmente guardar todos os traços das pessoas que a gente ama, o ideal mesmo é desenhar.

Não consegui me dar muito bem com os outros jovens daqui. Não me levem à mal, é só que eu não entendo nada que ninguém fala aqui, cada um veio de um país. E eu não estou com muita energia para socializar, ainda mais sem saber falar a língua dos outros. O problema é que aí eu também me sinto muito sozinha. Pelo menos eu sei a língua deste país aqui em que estou. Minha mãe é professora, valorizava muito minha educação, mas não dava também para eu ser poliglota aos 18 anos. Ser bilíngue já é alguma coisa. Isso me ajudou muito a conseguir achar este lugar. Quando eu soube que minha tia tinha morrido, eu fiquei desesperada! Não sabia para onde ir, cheguei até a sair correndo sem rumo. Mas depois me acalmei, busquei me informar e descobri sobre pessoas e instituições que ajudam refugiados. Foi assim que eu vim parar aqui no orfanato. Claro que um orfanato não é um dos ambientes mais alegres do mundo, mas o dia do grande desaparecimento foi especialmente doloroso.

Eu estava extremamente preocupada com o fato de eu completar 18 anos, pois isso significaria que eu não poderia mais continuar no orfanato. Eu teria que me virar de outras formas, ou seja, me tornar uma adulta só por causa de um número. Mas mal sabia eu que este número mudaria o mundo.

Aqui no orfanato aprendemos a cozinhar nossa própria comida e temos que fazer todas as tarefas domésticas. Não acho ruim, acho importante para termos responsabilidades e sabermos nos virar por aí. Então, estávamos eu e outros cinco jovens mais ou menos da minha idade cozinhando no fatídico fim de tarde do dia do grande desaparecimento. Eles se chamavam Camila, Marina, Renata, Victor e Danilo e também estavam preocupados com a proximidade do aniversário de 18 anos deles, mas não tanto quanto eu que, no caso, estava completando 18 anos naquele exato dia. A Camila sugeriu aos outros de fazerem meu prato favorito naquele dia, já que seria provavelmente a última noite que passaria aqui. Achei muito bonito o gesto dela. Comentei que eu não tinha exatamente um prato favorito e que também não tínhamos tantos ingredientes assim à disposição. Dentre as opções, lembro que sugeri fazermos um simples macarrão mesmo, pois tinha que ser algo prático para alimentar as outras crianças também. E eu estava com vontade de comer alguma massa, então macarrão estava ótimo.

A cozinha era grande e tinha mais de um fogão. Cada um geralmente ficava responsável por uma panela. Cozinhar para várias pessoas é uma experiência diferente. Eu sempre tenho a sensação de estar exagerando na quantidade de comida, mas nunca é um exagero. Já estávamos bons o suficiente para saber a quantidade necessária de comida que precisávamos fazer. Victor e Danilo estavam cortando tomates, porque colocar pedaços de tomate no molho pronto o deixava mais saboroso. Marina e Renata haviam enchido as panelas de água e estavam esperando a água ferver. Não me deixaram fazer muita coisa por ser meu aniversário, mas eu estava guardando alguns pratos que já tinham secado. A Camila estava lavando a louça, senão não haveria prato para todas as crianças comerem. Eu conversava com ela com dificuldade, admito. Nossas línguas tinham certas semelhanças, então acabei ficando mais próxima dela.

Nunca vou esquecer a cena que se seguiu. Eu estava olhando diretamente para a Camila quando, do nada, ela não estava mais lá; O prato ensaboado que estava na mão dela caiu diretamente no chão e se espatifou em mil pedaços. Os outros quatro sumiram também, mas com menos estrondo. Vi facas abandonadas e as panelas fumegantes sem supervisão. Minha primeira reação foi sair da cozinha e procurá-los em outros lugares do orfanato, como se, de repente, eles tivessem adquirido a habilidade de se moverem na velocidade da luz. Encontrei um orfanato fantasma, quieto demais, mas bagunçado demais também, o que indicava que havia sido recém-abandonado. Ouvi passos e logo alguns funcionários do orfanato entraram na sala principal. Ficaram surpresos ao me ver, como se eu fugisse da lógica que não tinha lógica nenhuma de todos os outros jovens e crianças terem desaparecido.

Nos dias seguintes, meu receio de ser mandada embora do orfanato por ter completado 18 anos não fazia mais sentido. Durante alguns dias, passei a ser a única "criança" do orfanato, até que decidiram que, após o grande desaparecimento, pessoas de até 25 anos poderiam ser aceitas também. No fim das contas, deixei de ser a mais velha do orfanato e passei a ser uma das mais novas. Agora estou aqui, desenhando este retrato dos meus pais enquanto percebo a presença de uma mulher que não conheço na recepção.

---

A professora entrou no orfanato com menos cara de orfanato que já viu na vida. Ela já tinha visitado alguns. A escola realizava doações para orfanatos em algumas épocas específicas do ano e ela gostava de ir até eles para entregar as doações, sejam elas em forma de brinquedos, ovos de páscoa ou alimentos não perecíveis. Algumas pessoas lá realmente pareciam jovens. Ela sabia que todos eram maiores de 18 anos, mas alguns até tinham cara de 16. A primeira menina que ela viu, inclusive, era um desses casos. Ela estava na sala principal sentada numa mesa, desenhando alguma coisa. Porém, boa parte dessas pessoas realmente tinha cara de jovem adulto. Homens de barba e mulheres sem nenhum resquício de infância em seus olhares ocupavam alguns sofás. A professora reparou que ainda havia uma caixa de brinquedos no canto da sala, mas ela parecia intocada, ignorada pelo desinteresse daqueles adultos. Aliás, outros tipos de interesses estavam no ar. Uma mulher que parecia até ter mais do que 25 anos estava de mãos dadas com um homem que parecia beirar os 30. Lembrou a si mesma que aquelas pessoas tiveram vidas muito difíceis, tiveram que amadurecer mais rapidamente e que aparentar mais do que a idade verdadeira era algo normal. Mas a professora se sentia mais à vontade com pessoas mais jovens, por isso, decidiu aproximar-se da menina que estava desenhando na mesa.

---

A mulher começou a vir na minha direção. Ela parecia estar sem graça, sem saber o que dizer e com medo de eu não entender. Mas eu sei a língua dela, ela tem cara de ser nativa daqui. Então, arrisquei um simples:

"Oi!"

"Oi!", ela respondeu simplesmente, como se imaginasse que eu só conhecesse algumas palavras da língua dela e tivesse ficado receosa de emendar mais palavras na conversa. Então, decidi demonstrar que eu dominava o idioma.

"Percebi você olhando em volta. Este lugar não tem cara de orfanato, né? Acho que deviam mudar de nome, já que tanta coisa mudou depois do dia do grande desaparecimento. Bem, prazer, meu nome é Beatriz!", eu disse e estendi minha mão para ela.

"Muito prazer! Sim, eu estava até achando que tinha entrado no lugar errado. Mas o que eu poderia esperar, né? O mundo não estaria diferente aqui dentro."

"Sente-se, sente-se, não ando conversando direito com ninguém há dias. Já gostei de você! O santo bateu, sabe?"

"Que bom ouvir isso! Você logo chamou minha atenção quando entrei, não sei explicar, mas tive vontade de vir conversar com você. Sua pronúncia é ótima!"

"Ah, obrigada! Minha mãe é professora, sempre valorizou muito minha educação e eu queria aprender esse idioma. Bem, e o que você faz da vida? O que te trouxe aqui?"

"Eu sou professora também! Quer dizer, eu era... de primário. Mas vou ser de novo. Estou tendo um treinamento na instituição de refugiados para dar aulas e foi lá que me indicaram este orfanato."

"Admiro sua vontade de continuar ensinando. Mas eu acho engraçado como a gente só fala sobre profissão quando alguém pergunta 'o que você faz da vida?'. O que mais você gosta de fazer?"

Percebi que a professora ficou pensando por um bom tempo. Acho que ela não esperava que eu perguntasse sobre seus hobbies. Por fim, ela respondeu:

"Eu gosto do que todo mundo gosta: ir ao cinema, ouvir música... Mas do que eu gosto mesmo é ensinar. Então, em alguns casos, acho que a profissão de alguém diz muito sobre a pessoa, sim."

"Que sorte você tem de encontrar uma profissão que te preencha dessa forma!", sorri para ela e depois voltei minha atenção para o meu desenho. Era como se os rostos do desenho me encarassem de volta.

"São seus pais, né? Você se parece muito com eles. Tem traços dos dois, na mesma medida."

"Sempre me dizem isso, que sou uma perfeita mistura dos meus pais. Faz tempo que eu não ouvia isso porque estou longe deles há uns meses. Me pergunto se eles conseguiram vir atrás de mim... Você pode ajudar, não pode? Da última vez que entrei em contato com a instituição de refugiados, não sabiam nada."

"Eu vou te ajudar sim, claro. Você desenha muito bem, agora eu já sei como são os rostos dos seus pais. Posso ajudar a procurá-los por aí."

Abri um sorriso para ela. Senti sinceridade no olhar dela. Só pelo fato de ela estar fazendo uma visita ao orfanato, isso já demonstrava que ela era uma pessoa que se importava. Ninguém ia fazer visitas a um orfanato, muito menos num orfanato com adultos.

"Se você acha que eu desenho muito bem, gostaria de saber como você desenha também!"

"Eu? Faz anos que eu não desenho nada, acho."

"Mas imagino que você sempre pedia para os seus alunos de primário desenhar, não é?"

"Sim, é verdade. Ok, acho justo agora alguém me pedir para desenhar. Mas o que eu desenho?"

"Qualquer coisa, livre, ué!"

Passei alguns lápis para ela e a entreguei uma folha em branco. Observei o que eu já imaginava: um desenho de uma casinha com chaminé, montanhas ao fundo, algumas nuvens no céu, o sol e árvores. Ela não desenhava mal, mas era um traço simples, como o de uma criança. Ela percebeu que eu observava o desenho dela minuciosamente.

"Isto é algum tipo de experimento, não é?"

"Sim, admito. Na verdade, é sim."

"Eu não desenho muito bem, eu sei."

"Não, não é isso. É que o seu desenho é infantil. É o tipo de desenho clichê que uma criança faria se tivesse que desenhar qualquer coisa.”

"Será que é efeito daquela onda de infantilidade que os estudiosos em psicologia andam falando? Será que é uma busca inconsciente minha de resgatar algo de infantil neste mundo?”

"Que nada, não acho que seja o caso. Talvez o fato de você estar visitando um orfanato tenha mais a ver com isso do que o desenho. Sempre foi muito comum adultos fazerem esse tipo de desenho que você fez, antes mesmo desse grande desaparecimento acontecer. Minha professora de pintura me contava que isso acontece porque grande parte dos adultos deixa de desenhar ou pintar depois que cresce. E aí eles acabam reproduzindo o mesmo tipo de desenho que faziam quando eram crianças.”

"Isso é meio ruim, né? Deixar de desenvolver esse lado nosso. Engraçado que eu sempre pedia para os meus alunos desenharem, mas eu mesma...”

"Não acho que seja algo necessariamente ruim. Para mim é até poético, na verdade. Justamente pelo fato da maioria das pessoas não continuar realizando uma atividade que geralmente toda criança faz, isso mantém o lado infantil delas preservado quando alguém pede para elas desenharem.”

"Pensando dessa forma, é poético e bonito mesmo. Então você teve aulas de pintura?”

"Sim, eu tive. Minha mãe adorava me colocar em cursos, e eu gostava também. Queria mesmo era uma tela e pincéis, mas aqui tenho que me contentar com papel e lápis. Mas eu entendo que seria pedir demais.”

"Eu vou te trazer tela, pincéis, tinta!”

"Não, não, não precisa! Mesmo! Não quero te dar esse trabalho.”

"Qual o propósito de visitar um orfanato se não posso ajudar uma *criança* que desenha melhor que eu?”

E essa foi a última coisa que ela disse antes de ir embora no dia em que nos conhecemos. E eu fiquei feliz com toda visita que ela fez durante os dias que se seguiram a este. É muito bom não me sentir mais completamente sozinha.

# 17 - PRÓXIMA ESTAÇÃO

Movimento. O som de catracas liberando acesso para as pessoas. O vento do metrô faz o cabelo de uma mulher esvoaçar na própria cara. Uma placa diz que crianças menores de 6 anos não pagam passagem. Ninguém sabe por que ela não foi removida, mas talvez seja melhor que ela continue lá como um sinal de esperança de que um dia as coisas vão voltar ao normal. Dois jovens nos seus 20 e poucos anos descem as escadas rolantes em direção à plataforma do trem. Os alto-falantes na plataforma dizem:

"Espere os outros desembarcarem antes de entrar no trem."

O trem logo chega e os jovens entram. O vagão não está cheio e os dois conseguem se sentar. Um dos jovens usa um boné e o outro tem um *piercing* no nariz. São o tipo de pessoa que conversam alto demais, que geralmente acabam incomodando outras pessoas, como a senhora de chapéu florido que tenta ler um livro sentada em um assento preferencial próximo. Porém, apesar de irritantes, não são as pessoas que falam alto que devemos temer, mas sim as que ficam quietas demais.

"O metrô anda tão mais vazio depois do que aconteceu", comentou o jovem de boné.

"Claro, né, animal. Tem menos gente no mundo", respondeu o de *piercing* no nariz.

"Ignorante pra porra, hein! Posso nem comentar?"

"Enfim, cara, dizem que tudo tem um lado bom. Pelo menos agora tudo anda mais vazio, a gente até conseguiu sentar, tem menos trânsito e tal."

"Nossa, que cuzão você!", o jovem de boné ri e repara no olhar irritado da senhora sentada perto deles. Ela retoma o olhar para o seu livro e vira a página.

"Não há nada que a gente possa fazer a respeito. Quando as coisas chegam a esse ponto, a gente tem que rir mesmo."

Os alto-falantes do metrô soltam mais um aviso:

"Os assentos cinzas são reservados para idosos, deficientes, pessoas com crianças de colo e gestantes. Ausentes pessoas nessas condições, o uso é livre."

"Olha aí, parece piada! Como não removeram esse áudio ainda?", disse o jovem de *piercing*.

"Daqui a alguns anos, todos os assentos serão cinza porque só haverá idosos!"

"Aí eu acho que as pessoas vão começar a perguntar uma a idade da outra pra ver quem tem mais preferência."

"Ou vão ter categorias de bancos. Os laranjas são para os maiores de 60 anos. Os verdes, para os maiores de 70 anos e por aí vai..."

"A gente tá falando muita bosta, né, senhora?", disse o moço de *piercing* para a senhora de chapéu florido que estava perto deles.

Ela não disse nada. Apenas levantou-se com um ar de alívio por poder se afastar daqueles rapazes. Sua estação havia chegado e ela desceu, conforme a voz do metrô anunciava:

"Estação Trovoada. Desembarque pelo lado esquerdo do trem. Próxima estação: Central."

A senhora desembarcou, mas muitas pessoas entraram. Se formos parar para pensar, não vemos tantas crianças assim no metrô, então mesmo na ausência delas, é possível que ele lote.

"Vish, vai ficando cada vez mais cheio conforme o trem se aproxima da estação Central. Melhor a gente levantar já pra ficar mais perto da porta pra ser fácil da gente descer", disse o jovem de boné.

"Meu, repara que estranho aquele cara sentado ali. Não está tão frio e ele cheio dos casacos."

"Tem muito mendigo assim, parece ser um. Mas como ele entrou aqui? Ele não tava aqui antes, né? Acho que entrou na estação Trovoada."

"Não me parece mendigo, apesar de estranho, parece até bem vestido."

"Deixa ele pra lá."

"Tinha um troço que eu ia comentar. Hoje em dia, outra vantagem é que nunca mais dá pra dar o fora de achar que uma mulher está grávida sem ela estar", disse o jovem de *piercing*.

"Nossa, mano, olha no que você pensa!"

"E tem outra coisa! Vai dizer que agora você não fica muito mais tranquilo quando vai comer uma mina? Não tem risco de ser papai! E as minas que já estão há muito tempo com um cara nunca mais vão ser amoladas sobre quando vão ter um filho e talz."

"É, ok, admito que já pensei nisso e fiquei feliz. Caralho, mano, o mundo tá acabando e a gente na zueira."

"Eu já disse, tem que tirar o melhor das piores situações."

O alto-falante do metrô anunciou:

"Estação Central. Desembarque pelo lado esquerdo do trem."

E os dois jovens e todas as pessoas em volta mal sabiam que seria a última vez da vida delas que ouviriam a voz do metrô. As últimas vezes são complicadas. É possível prever mais ou menos quando será a nossa primeira vez de algo, planejar e esperar ansiosamente. Mas é quase impossível planejar a nossa última vez de alguma coisa. Muitas vezes dizemos "nunca mais" e em dias, semanas ou anos depois nos vemos nas mesmas situações.

O drama humano é que, na verdade, quase nada está no nosso controle, apesar de termos a ilusão de que muitas coisas estão. No momento que as portas do metrô se abriram, tudo aconteceu rápido demais. A senhora de chapéu florido jamais imaginaria que estava se livrando de algo muito pior que a conversa irritante dos dois jovens quando desembarcou na estação anterior.

"Essa é a estação mais lotada, olha essa multidão! Por um lado é até bom que não esteja nascendo mais ninguém!", e essa foi a última coisa que o jovem de *piercing* disse.

"Vem, senão a gente não desce. Porra, aquele cara dos casacos tá atrapalhando a passagem. Mano, o que ele tá fazendo?", e essas foram as últimas palavras do jovem de boné.

Explosão. Depois disso, tudo virou gritos e sangue.

# 18 - COISAS CAÓTICAS NO MEIO DO CAMINHO

Os pais de Beatriz, os pais de Lia, a menina, o menino, o velho e o cachorro passaram alguns dias nas ruas. Dormiam em igrejas, conseguiam algum dinheiro vendendo garrafas d'água e todos os dias pareciam iguais.

Ninguém parecia ter visto a Beatriz e era difícil conseguir informações com os cidadãos locais. A língua era um dos obstáculos, mas o preconceito também era um. Ninguém presta muita atenção no que um mendigo fala, muito menos se ele fala em uma língua estrangeira. O Au au, por outro lado, não tinha nenhuma dificuldade para socializar com os cachorros locais. Bastava o cumprimento universal dos cães de cheirar o ânus um do outro para o Au Au fazer novos amigos nas mais diversas ruas que o grupo ia. Raramente um cachorro passa reto por outro cachorro. Há algo de bonito na relação animal que os fazem bem mais unidos do que nós: o interesse genuíno no outro de sua espécie. O reconhecimento de um semelhante que, apesar de vir do outro lado do mundo, também é igual a si. E também há a falta de nojo e pudor, que os permite cheirar, tocar e olhar um no olho do outro sem estranhamentos ou maldades. Por isso, enquanto todos os humanos do grupo estavam infelizes por não se sentirem à vontade ou queridos no novo país, o Au Au nunca esteve tão alegre e bem de amizades.

O menino e a menina sentiam imensamente a falta da mãe. Chegavam a confundir qualquer senhora que viam na rua com a mãe deles, por menor que fosse a semelhança. Quando sentimos a falta de alguém, qualquer coisa já é desculpa para remetermos nossos pensamentos à pessoa, como se já não estivéssemos pensando nela o tempo todo. Desculpem interromper a história, mas gostaria de contar uma história pessoal. Certa vez, quando eu estava apaixonado e pensava o tempo todo em um garoto, recebi uma mensagem dele e fiquei impressionado com a coincidência de ele ter mandado mensagem bem no momento em que eu estava pensando nele. Obviamente, não era coincidência coisa nenhuma porque ele estava sempre nos meus pensamentos. O mais difícil seria ele mandar mensagem enquanto eu não pensava nele. Então, como o menino e a menina estavam pensando o tempo todo na mãe, qualquer coisa minimamente relacionada a ela parecia uma coincidência. Mas a verdade é que as mentes deles estavam sintonizadas dessa forma e eles prestavam atenção em tudo que tinha a ver com a mãe. Dias atrás, passaram em frente a uma loja de roupas que estava tocando a música favorita da mãe e eles acharam que era alguma forma de ela se manifestar, estar presente com os filhos.

Em outra ocasião, ouviram uma notícia de que o corpo de uma mulher de meia idade havia sido encontrado próximo ao litoral. Imediatamente pensaram que se tratava do corpo da mãe que tinha sido sepultado em alto mar, mas não era ela. Seria muito improvável um corpo percorrer um trajeto tão longo e chegar no estado de conservação em que o corpo da notícia foi encontrado. O cadáver, no fim das contas, era de uma mulher que estava em depressão profunda desde que perdeu os três filhos para o grande desaparecimento. Geralmente, a mídia não divulga casos de suicídio, pois isso pode acabar influenciando outras pessoas a se matarem. Mas este caso ganhou grande repercussão porque o corpo foi encontrado quando havia muita gente na praia e as pessoas achavam que era um acidente. Só dias depois que o viúvo encontrou a carta de despedida da mulher, que dizia que ela havia escolhido o mar para partir desta vida porque os filhos adoravam ir à praia com ela.

Provavelmente, muitos outros casos de suicídio aconteceram após o grande desaparecimento, mas não é meu dever ficar falando sobre eles. Talvez seja importante eu pelo menos contar que eles ocorreram, para não minimizar o sofrimento dessas pessoas, mas entrar em detalhes sobre essas coisas nunca é algo saudável.

Os pais de Lia só não tinham desabado porque eram pessoas muito atenciosas e prestativas. Quando você ajuda os outros, tem menos tempo para pensar nos próprios problemas. O pai de Lia, por ter uma memória fotográfica excelente, era como um guia do grupo. Parecia até que ele já conhecia aquela cidade, mas ele apenas guardava quase todos os lugares por onde passavam na memória, criando um mapa mental que era consultado com frequência pelos outros. O pai de Lia conseguiu até fazer amizade com o dono de um pequeno restaurante, mesmo não falando a mesma língua, só para conseguir cozinhar alguma coisa. No fim das contas, era um restaurante que contratava refugiados para fazer algum prato típico de seu país. Se o prato fizesse sucesso, entrava no cardápio. O pai de Lia estava trabalhando uma semana neste restaurante quando ficou sabendo sobre um orfanato que recebia diversos refugiados de até 25 anos. Ele ia avisar os pais de Beatriz sobre isso assim que os encontrasse de noite, mas não foi possível por motivos que revelarei mais pra frente. A mãe de Lia não tinha nenhuma formação como psicóloga, mas tinha um talento em ajudar na saúde mental das pessoas. Quando a menina confessou que se sentia maluca por ver a falecida mãe por todo lugar, a mãe de Lia lhe disse que não havia nada de maluco nisso. Ela disse que a saudade funcionava dessa forma mesmo, como um fantasma que não assusta, mas que acalenta e que faz a gente nunca se esquecer. Inclusive, ela confidenciou para a menina que também via a Lia em qualquer menina minimamente parecida com a filha. Era da natureza deles ajudar os outros, mas ninguém poderia ajudá-los. Lia tinha 16 anos quando desapareceu e era como os pais: uma pessoa altruísta. Não falei muito sobre Lia nesta história, apesar do nome dela aparecer com certa frequência. Por isso, gostaria de contar algumas coisas sobre ela agora.

Quando Lia tinha 8 anos, Tina, uma de suas colegas da escola, sofreu um trauma terrível: os pais dela morreram em um acidente de carro. Tina ficou meses sem ir para escola e, quando voltou trazida por sua avó, já não tinha os mesmos colegas de antes. Ela era uma garota tímida e já não tinha muitas amizades antes disso tudo acontecer. Lia passou a ser da mesma sala que Tina e, diferente das outras crianças que pareciam ter tanto dó de Tina que nem ousavam se aproximar da menina, Lia a tratava com naturalidade. Aos poucos, tornou-se a única verdadeira amiga de Tina. A maturidade e a sensibilidade de Lia em lidar com a situação eram impressionantes para uma criança. Ela nunca tocava no assunto dos pais de Tina, a não ser que Tina falasse sobre. Lia é esse tipo raro de pessoa que conforta só com a presença, sem precisar de palavras. Um dom, talvez, que tenha herdado da mãe. Existem dons mais claros, como o dom de desenhar, cantar ou ser bom em matemática. Mas os dons envolvendo sentimentos são mais subjetivos e talvez por isso sejam menos valorizados. Ser um bom amigo é um dos melhores dons que alguém pode ter e era esse dom que Lia tinha. Tina tinha 17 anos quando desapareceu, ela era um pouco mais velha que Lia. Lia não via Tina há um bom tempo, pois Tina se mudou com a avó para outro país. Tudo lembrava os pais dela e mudar de ares foi uma ideia da avó. Na noite do grande desaparecimento, antes de dormir, Lia pensou em Tina e Tina pensou em Lia. Era uma saudade súbita recíproca, pois fazia muito tempo que uma não pensava na outra, já que haviam sido amigas de infância e não se viam há anos. Os pensamentos são um mistério. Cada um de nós tem um universo particular na cabeça que achamos que só nós conseguimos acessar. Mas será que não pode haver uma conexão entre duas consciências? Eu acredito que sim. E acredito que foi isso que aconteceu com as duas meninas naquela noite. Tudo o que nos resta é torcer para que elas tenham conseguido matar a saudade uma da outra ao desaparecerem, seja lá onde estiverem.

Os pais de Beatriz não paravam de pensar na filha, é claro. E Beatriz também não parava de pensar neles. Quando isso acontece, há uma grande probabilidade de reencontro, mesmo que coisas caóticas aconteçam no meio do caminho.

A saída da estação Central estava movimentada naquele fim de tarde. Os pais de Beatriz estavam vendendo garrafas d'água, enquanto a menina, o menino e o velho comiam um cachorro-quente com o pouco de dinheiro que conseguiram juntar. Os pais de Lia não estavam lá, pois a mãe de Lia gostava de acompanhar o marido na recém-profissão dele de cozinheiro. Mas os dois estavam no seu caminho de volta. O restaurante não era longe, então estavam voltando a pé para reencontrar o grupo. O pai de Lia estava empolgado para contar que havia um lugar para o menino e a menina ficarem, já que aceitavam jovens de até 25 anos. E finalmente teriam um lugar para procurar Beatriz. O Au au estava latindo feliz, brincando com outro cachorro de rua quando...

EXPLOSÃO. Gritos, uma multidão escapava pela saída do metrô, acompanhada por uma fumaça que vinha aos poucos dos trilhos. Algumas pessoas estavam ensanguentadas. Não havia choro de criança, é claro, mas choro de adulto. Um choro mais gutural, menos constante, mas em jorros de desespero. Os pais de Beatriz se apressaram a correr em direção ao avô, seus netos e o cachorro, para que o grupo não se separasse naquele caos. Au Au tremia de medo, por isso a menina o pegou no colo. O barulho havia sido muito maior para ele e seu amigo canino, que fugiu sem rumo com o susto, abandonando a brincadeira. Os pais de Lia ouviram a explosão e apertaram o passo em direção à estação Central, mas policiais já começavam a bloquear a área, impedindo o acesso.

Tudo estava confuso e caótico. Parecia um pesadelo sem sentido, em que pessoas corriam, gritavam e quase derrubavam umas às outras. Por um instante, mesmo no meio daquele desespero, o pensamento de que não havia nenhuma criança naquela cena horrível passou pela cabeça de várias pessoas que estavam lá, o que provocou um segundo de alívio. Os pais de Beatriz corriam na frente do grupo, até que sentiram um tranco. Dois policiais colocaram-se de repente na frente deles e logo começaram a algemá-los com uma habilidade impressionante. A menina, o menino e o velho pararam, sem entenderem também. O cachorro latia para os policiais do colo da menina, como se perguntasse: "O que estão fazendo com meus amigos? Precisamos ficar o mais longe possível do local da explosão". Os policiais não entendiam latidos, mas tampouco entendiam o que os humanos estavam dizendo. A mãe de Beatriz perguntava para o policial por que a estavam algemando. O pai de Beatriz gritava para os outros: "Fujam, tentem encontrar os pais de Lia e fiquem juntos. Depois que essa confusão passar, nos reencontraremos com vocês."

Os policiais gritavam coisas que eles também não entendiam, mas estava mais do que claro que não deviam tentar contrariá-los. Os dois foram encaminhados para uma viatura e, de repente, encontraram-se encarando um ao outro na parte de trás da viatura, com seus corações ainda disparados pela adrenalina da explosão e de toda a situação. Era inimaginável que, poucos minutos atrás, observavam o Au au brincar alegremente com outro cachorro enquanto vendiam garrafas d'água.

## 19 - FERTILIDADE

A professora continuou visitando Beatriz nos dias que se seguiram após sua primeira visita. Logo tratou de providenciar tela, pincéis e tinta e, ao longo dos dias, acompanhou o desenho a lápis que retratava os pais de Beatriz se tornar um quadro em tela. Não demorou muito para que a professora se tornasse a melhor amiga de Beatriz naquele lugar, então, quando a professora sugeriu que ela fosse morar com ela, Beatriz ficou empolgada, porém um pouco reticente.

"Mas não sou muito velha para você me adotar?"

"Não seria uma adoção, na verdade. Não serei sua mãe, sei muito bem que não posso preencher esse lugar. Seremos como amigas que moram juntas", disse isso e olhou para o quadro que Beatriz havia pintado. Observou o sorriso da mãe de Beatriz e sorriu de volta para ele. "Ela tem um sorriso lindo, como o seu."

"Obrigada", disse Beatriz corando, mas, logo em seguida, ficou um pouco triste por causa das saudades que sentia pelos pais. "Sinto falta do sorriso dela, e mais ainda de escutar o som da risada da minha mãe", em seguida, balançou a cabeça como se não quisesse pensar nessas lembranças agora. "Bem, olhe, eu não tenho nenhum dinheiro, serei só gastos pra você."

"Não se preocupe com isso agora. Ok, talvez eu seja um pouco como uma mãe adotiva para você por um tempo. Mas trabalhando na instituição de refugiados, vou ter todos os meios de te ajudar a arranjar um emprego aqui e se inserir na sociedade. E tenho certeza de que vamos conseguir localizar seus pais logo."

"Então... É isso? É só eu sair daqui e ir pra sua casa. Nenhuma papelada?"

"Triz, já pesquisei sobre isso. Com o mundo como está agora, depois do grande desaparecimento, qualquer pessoa sem condições e sem parentes tem o direito de ficar em um orfanato até os 25 anos. Mas, ao mesmo tempo, por você já ser maior de 18 anos, você também é livre para ir para onde quiser. Então, tecnicamente eu não estou te adotando, apenas te convidando para morar comigo."

Beatriz deu um abraço na professora e correu para seu quarto para já começar a arrumar suas coisas. Meia hora depois, a professora estava chamando um táxi para as duas. Colocaram os pertences de Beatriz no porta-malas, menos o quadro, porque tinham medo de que ele fosse danificado de alguma forma. O motorista tinha deixado o rádio ligado no noticiário. Os jornalistas falavam de algum ataque, possivelmente terrorista, na estação Central da cidade.

"Vocês viram o que aconteceu há uma meia hora? Uma explosão e tanto lá na estação Central. Loucura!", disse o motorista.

"A gente só soube agora! Meu Deus, já sabem se teve muitos mortos e feridos?", perguntou a professora.

"Olha, senhora, ainda estão resgatando as pessoas. Mas já falaram que tem mortos e alguns gravemente feridos, sim."

Esse não era o tipo de notícia que as duas esperavam ouvir durante o percurso até a casa da professora. Era para ser uma ocasião alegre, divertida. Por isso, decidiram que só veriam notícias sobre a tragédia no dia seguinte. Passariam a noite alienadas, assistiriam um filme bobo e conversariam. Ao chegarem à casa da professora, Beatriz se acomodou num quarto que a professora usava como escritório.

"Preciso arrumar melhor esse quartinho para você ter mais espaço, guardo muita tranqueira aqui."

"Está ótimo, não se preocupe. Eu dormia em um lugar bem menor no orfanato."

Colocaram o quadro que a Beatriz pintou de seus pais na parede da sala. Fizeram um macarrão ao molho pesto que fez Beatriz se lembrar do dia do grande desaparecimento, quando todos seus amigos sumiram enquanto cozinhavam macarrão. Há muitas coisas que nos fazem lembrar certos momentos ou pessoas, mas, dentre todas essas coisas, talvez a mais ridícula seja a comida. Eu entendo, há certas receitas de pratos que são passadas de geração em geração e passam a ter um significado afetivo para nós, mas quando associamos um prato de comida a uma memória triste, comemos com um nó na garganta. E foi isso que aconteceu com Beatriz. Ela evitava comer macarrão desde o ocorrido porque ela fazia essa associação. E se sentia uma idiota por isso.

"Está tudo bem? Não gostou do molho?", a professora disse ao perceber a expressão estranha no rosto de Beatriz.

"Não, não, eu gostei, está ótimo. É só uma besteira da minha cabeça."

A professora não quis insistir no assunto. Beatriz logo se esforçou para melhorar a sua cara e as duas assistiram a um filme leve de comédia antes de dormir. Depois de definir o despertador, a professora avisou que acordaria cedo para fazer uma surpresa para Beatriz, que não era para ela estranhar se acordasse e estivesse sozinha em casa.

Na manhã seguinte, Beatriz acordou com um latido de cachorro. Na verdade, era uma cadela, mas é que no mundo dos animais nem sempre dá pra saber a diferença. Seria melhor se fosse assim também no mundo dos humanos, sem tantas diferenças entre machos e fêmeas, mas infelizmente não é. Talvez esse seja um dos motivos da nossa iminente extinção nesta história.

Depois dos latidos, não demorou muito para Beatriz ser lambida para despertar. Era uma cachorrinha pequeninha, cheia de energia. Tanta que até conseguiu pular e ficar em cima da cama.

"O nome dela é Peralta! Estava lá para ser adotada junto com os irmãozinhos dela. Morri de dó de só poder escolher um, mas ela foi a que mais gostou de mim, não parou de lamber a minha mão!"

"Que linda! E parece ser tão novinha! Quantos meses ela tem?"

"Só dois! Fazia um tempinho que eu queria ter um cachorro. Espero que você goste deles."

"Claro que eu gosto. Eu tinha um lá no meu país. Ele morreu um pouco antes da guerra começar... Sorte dele não ter que ouvir o barulho das bombas com a audição apurada que eles têm."

"Sinto muito, Triz. Hoje terei treinamento na instituição dos refugiados. Já passei para o diretor de lá o endereço da casa da sua tia, vão investigar se seus pais passaram por lá. Também podemos espalhar cartazes com o desenho que você fez dos seus pais. Talvez eles já estejam aqui no país! Eles não iam te deixar na mão, eles...", antes que a professora pudesse terminar de falar, seu celular tocou.

"Alô? (...) Sim, claro que eu soube (...) Refugiados? (...) Mas como sabem que foram eles? (...) Sim, sim, não faz sentido (...) Não tem problema, bom você ter me avisado. Vou agora mesmo. Me passa o endereço por mensagem."

"O que aconteceu?"

"Ligaram da instituição de refugiados. Depois eu te explico melhor, mas tem a ver com o atentado que aconteceu no metrô ontem. Preciso ir, espero não demorar muito."

A professora já ia abrindo a porta da casa quando deu meia volta e foi para a cozinha.

"Beatriz, aqui está a ração da Peralta. Ela pode fazer xixi naquele canto, mas acho que ela ainda não sabe fazer isso direito. Se ela fizer xixi fora do lugar, tem desinfetante ali dentro daquele armário. Ah, o que sobrou do macarrão de ontem está nessa gaveta da geladeira. Se eu demorar muito, pode pedir pizza por esse número. Eles me conhecem, pode dizer que pago depois. Se precisar de..."

"Fique tranquila, eu vim pra esse país sozinha, eu vou saber me virar!", disse Beatriz com um sorriso de gratidão.

"Ai, Beatriz, hoje era minha folga, não pretendia te deixar sozinha aqui. Mas é que parece que uma grande injustiça está acontecendo e..."

"Tudo bem, não estarei sozinha. A Peralta vai estar aqui comigo."

A cachorrinha enroscou-se nas pernas de Beatriz, como uma criança querendo atenção. Ela pegou Peralta no colo e começou a fazer carinho.

"Tão linda e pequeninha! Não é estranho os animais continuarem férteis, nascendo e se reproduzindo enquanto nós, humanos, estamos totalmente estéreis?", disse Beatriz.

"Eu não acho tão estranho assim. A Peralta, por exemplo, nunca explodiria uma bomba no metrô assim."

# 20 - PORTAS

No caminho para a delegacia, a professora avistou a estação Central. Ela costumava ser cheia de vendedores ambulantes e pessoas apressadas, mas agora estava morbidamente vazia. Faixas amarelas isolavam a estação e impediam a entrada.

A escola em que ela trabalhava também fazia parte do percurso. Fazia. Porque boa parte dela havia sido demolida. Quando o táxi passou pelo local, a professora ficou procurando pela escola até se dar conta de que aquela construção demolida pela metade se tratava do seu antigo local de trabalho. Ela nunca mais tinha passado por ali desde a última reunião com os pais. Depois do cheiro, revisitar um local é o que mais ativa emocionalmente as memórias. Então, ela evitava passar em frente à escola porque era doloroso. Significaria não ver as crianças atravessando a rua com suas mochilas. Seria fazer o mesmo trajeto que ela fez por anos, mas não poder entrar. Implicaria lembrar que, de fato, não havia nenhuma criança no mundo, pois se até uma escola está silenciosa, onde mais se pode encontrar crianças?

Porém, desta vez, não havia como evitar passar em frente à escola. E foi pior ainda, porque, na verdade, ela nem estava lá. Tinha virado um edifício fantasma, apenas uma constatação de que aquelas paredes eram só concreto. Algo que podia ser destruído, e não uma instituição viva como parecia ser. A professora não prolongou o olhar em direção ao seu antigo local de trabalho, mas não teve como deixar de se lembrar de algumas palavras da diretora na última conversa que teve com ela. "Estamos esvaziando a escola para que ela seja demolida. Ou, até mesmo, seja reaproveitada com a estrutura que já tem. Vai virar uma fábrica, um motel, sei lá." *Mulher idiota*, pensou a professora. A diretora era uma das poucas coisas relacionadas à escola da qual ela não sentia a mínima falta. Não queria estar pensando naquela mulher, tinha que se concentrar no que aconteceria no destino para qual ela estava indo.

Dois refugiados haviam sido detidos no meio da confusão do atentado no metrô. A instituição dos refugiados foi notificada sobre o caso por um cozinheiro no dia seguinte, algo assim. A professora não havia entendido direito a história pelo telefone. Mas tudo indicava que era um caso de injustiça. Uma intérprete da instituição dos refugiados também estaria na delegacia, a professora iria mais para acompanhar o caso, como se fosse um treinamento mais prático para ela do que assistir às aulas dos outros professores da instituição.

O táxi parou em frente à delegacia. O dia estava lindo, mas não importava como o dia estava. Essa é uma mania dos escritores, como se fosse sempre um detalhe importante. Às vezes, é, de fato, relevante para a história, mas, na maioria das vezes, não é. Podem reparar. O dia podia estar lindo, mas a situação era complicada. E a situação continuaria complicada com neve, chuva ou céu nublado. A intérprete estava na entrada da delegacia, fumando um cigarro. Quando a professora se aproximou, ela apagou o cigarro na parede e jogou na rua.

"Lindo dia, não é? Não esperava que fossem me chamar na minha folga. Parece que eu sou a única intérprete que sabe a língua dos refugiados em questão. Pobres coitados! Estava com eles agora há pouco e dá pra ver no rosto deles que são inocentes e estão confusos. Não seria a primeira vez que a polícia faria uma injustiça do tipo."

As duas entraram juntas na delegacia. Havia um cheiro de cigarro no ar, como se fumassem lá dentro normalmente. Então, as leis naquele lugar eram diferentes mesmo. Funcionavam conforme os interesses de quem trabalhava lá. A intérprete foi direcionada por um homem para a sala do delegado e a professora a seguia como uma sombra, como se não estivesse sendo notada. A sala do delegado tinha paredes de vidro, então, embora a porta estivesse fechada, ele fez um gesto para que a intérprete entrasse. Ele era um homem esquelético, com uma barba rala amarelada.

Apesar do homem não estar fumando agora, a sala estava empesteada de cheiro de cigarro. Um cinzeiro em sua mesa estava atolado de cigarros apagados. O homem que indicou onde ficava a sala do delegado poderia muito bem ter simplesmente dito: "siga o cheiro".

"Obrigado por ter vindo, mas não era realmente necessário. Essa informação não deveria ter vazado", a voz do delegado parecia um conjunto de projetos de tosse que formavam palavras.

"Bem, mas já que soubemos, os refugiados têm o direito de ter alguém que fale a língua deles", respondeu a intérprete.

"Como essa gente vem pra cá sem entender uma palavra que a gente fala? Eles não têm noção nenhuma!"

"Você também não teria tempo de aprender uma nova língua se tivesse que fugir do seu país", rebateu a professora para o delegado.

"E você, quem é? Só me avisaram que a intérprete viria", o delegado não falou isso com desdém. Foi pior, falou num tom de quem estava dando em cima da professora. Olhou-a de cima a baixo e parou o olhar em seus peitos. Ela estava com um decote discreto, e instintivamente cobriu os peitos.

"Estou em treinamento ainda, mas o meu trabalho é ensinar, aconselhar e me certificar de que os refugiados tenham consciência dos seus direitos neste país. E se ligaram para que eu viesse também, acredito que minha presença é necessária. E se minha presença incomoda o senhor, isso quer dizer que sou mais necessária ainda."

"Incomodar? Jamais, benzinho", o delegado foi interrompido por suas próprias tossidas. "Mas realmente não entendo a necessidade da sua presença. Os dois detidos aqui não precisam escutar os direitos que eles têm. Para começo de conversa, eles nem deveriam ter o direito de estar em nosso país."

"Não me chame assim! E você acha que se eles tivessem escolha, eles não iriam preferir estar no próprio país?", a professora disse quase gritando, irritada com a ignorância do homem e com o assédio que estava sofrendo.

A intérprete deu um toque discreto com o seu pé no pé da professora. Ela já havia lidado com delegados assim antes. Apesar de estar do lado da professora e saber que ele estava sendo desrespeitoso, era melhor ter cuidado. Por isso, quis guiar um pouco a conversa.

"Não há motivos para nos exaltarmos aqui se tivermos uma conversa civilizada", disse isso encarando o delegado. "Como você sabe, eu tive a oportunidade de falar um pouco com o casal de refugiados antes de ela chegar. Eles me disseram que não estão aqui há muitos dias. É uma longa história, mas, resumindo: eles tiveram a casa bombardeada no país deles e estavam morando em um acampamento improvisado. Depois não entendi direito, mas parece que conseguiram mandar a filha para nosso país antes deles. Ela ficaria na casa de uma tia, mas parece que essa tia morreu e eles só souberam quando chegaram aqui. Aí não sabem onde está a filha ou até mesmo se ela sumiu no grande desaparecimento ou não. Enquanto isso, encontraram algumas pessoas na rua que falavam o mesmo idioma que eles. Conseguiram começar a ganhar um dinheirinho vendendo garrafas d'água."

A professora ouviu a história com atenção. Tinha algo aí muito familiar.

"Qual o nome da filha deles?"

"Putz, agora eu não lembro. Logo, logo vou falar com eles de novo."

"Por que a filha deles veio para cá sem eles? E como não sabem se ela desapareceu ou não? Oras, eles não sabem a idade da própria filha? Me parece uma história muito mal contada!", o delegado colocava as mãos nos bolsos da calça e do casaco, procurando algum cigarro enquanto falava. Não encontrou nenhum, o que o deixou mais irritado ainda. Fitou a professora e disse "Você sabia que esses dois tinham acabado de descer na estação Central quando a explosão aconteceu? E você sabe de que país eles vêm, né? Devem ser mais dois desses extremistas!"

"Ah sim, eu me informei muito bem sobre o caso antes de chegar aqui. Que eu saiba, o culpado foi um homem-bomba, dentro da estação. E se eles são suspeitos só porque estavam nas proximidades, onde estão os outros suspeitos? Aposto que tinham muitas outras pessoas próximas da estação Central."

"Você nem deveria estar aqui! Eles poderiam muito bem estar agindo em conjunto com esse homem-bomba. De qualquer forma, eles são ilegais, não deveriam estar aqui."

"Ninguém é ilegal. No máximo, estão em situação migratória irregular ou são indocumentados."

"Fez direitinho a lição de casa, não é? Está em treinamento, mas decorou muito bem o que aprendeu na instituição dos refugiados", disse o delegado.

"Eu sou professora, *senhor*. Professores, geralmente, estudam o dobro, o triplo para conseguirem passar adiante os seus conhecimentos."

"Olha, *madame*. Você sabe o tipo de merda que passa por uma delegacia? Já estamos cheios de problemas com pessoas de rua que nasceram aqui. Agora esses dois decidem vir para cá para serem mais dois sem-teto? Tem coisa aí. Cuidar de refugiados nem deveria ser um problema do nosso país. Eles só trazem risco ao nosso país, ao nosso povo."

A professora não conseguiu mais segurar tudo o que tinha vontade de dizer para aquele homem.

"Nacionalismo é uma merda! Uma causa não desmerece a outra. Oferecer melhores condições para as pessoas do nosso país e para refugiados têm a mesma importância. As fronteiras foram uma invenção nossa. Não existem problemas do nosso país, existem os problemas do nosso mundo! E isso inclui o que acontece aqui e do outro lado do oceano. E se eles estão aqui agora, também é problema nosso. Você não pode mantê-los aqui sem provas. Tudo indica que foi um homem-bomba, ninguém sabe a nacionalidade dele. Ele pode muito bem ser daqui. Tem muito louco que conhece o extremismo pela internet e se identifica. Terrorismo não tem nacionalidade. Não os mantenha aqui só para mostrar serviço!", a professora falou num tom alto e firme, mas sem gritar. Ela tinha experiência em dar bronca em uma sala cheia de crianças, não seria um homem só que faria ela se intimidar.

O delegado a escutou com atenção, mas escutar não bastava para esse tipo de homem. Ele estava imerso em seus preconceitos, mas também não tinha argumentos. Recomeçou a procura por seus cigarros e, finalmente, achou um avulso dentro de uma gaveta. Acendeu-o, tragou e soltou fumaça em direção às duas mulheres.

"Certo, podem levar eles daqui, menos uma dor de cabeça para mim. Aposto que a instituição dos refugiados vai arranjar algum advogado para eles. Vai ter que ser um advogado muito bom, boa sorte!"

O delegado pegou um interfone e pediu para que um funcionário as acompanhasse até a cela onde estava o casal de refugiados. As duas mulheres se entreolharam e logo saíram da sala sem dizer mais nenhuma palavra, incomodadas tanto pela fumaça quanto pela estupidez daquele homem. O funcionário estava esperando mais adiante e elas o seguiram pelo corredor.

Quando a porta da cela se abriu, os pais de Beatriz não ousaram se aproximar. A intérprete apareceu na entrada e disse na língua deles que eles estavam liberados, tinham direito a uma defesa. Quando eles saíram da cela e a professora viu os rostos deles, ela não conseguiu segurar uma exclamação:

"Eu conheço vocês!"

Os dois olharam confusos e surpresos para a professora, não entendiam a língua dela e ficaram receosos de ela estar dizendo algo agressivo, pois falou de forma tão enérgica. A intérprete tratou de logo traduzir para eles, o que não impediu que eles continuassem confusos.

"Como você pode conhecê-los, eles vieram do outro lado do mundo, mulher!", a intérprete cochichou para a professora, tão confusa quanto o casal.

"Por favor, pergunte qual o nome da filha deles", a professora disse abrindo um sorriso.

A intérprete virou-se para os dois e fez a pergunta, mas a resposta não precisava de tradução. Os dois responderam ao mesmo tempo:

"Beatriz."

Dias atrás, enquanto aguardavam que a porta da casa da tia de Beatriz se abrisse, eles estavam cheios de esperança. Não esperavam, de forma alguma, receber duas notícias ruins ao mesmo tempo: que Beatriz não estava lá e que a irmã do pai de Beatriz havia morrido. Depois de todas as dificuldades que passaram em seu país, depois da viagem insuportável e cansativa, eles esperavam ter algum tipo de alívio ao chegarem ao destino deles, mas não foi o caso. Ainda por cima, foram abordados por policiais e estavam detidos em uma cela sem entenderem direito o que estava acontecendo. Jamais esperavam que a porta daquela cela pudesse trazer alguma notícia boa. Por isso, quando ela foi aberta, estavam apavorados, achavam que só notícias ruins podiam vir de agora em diante. Mas a vida não segue uma lógica ou um padrão para notícias boas ou ruins.

Desta vez, a abertura da porta da cela trazia duas notícias boas: que eles poderiam sair, com direito a um advogado, e a outra notícia, que na verdade era maravilhosa, saiu da boca da professora e chegou traduzida até seus ouvidos pela intérprete.

"Eu conheço a Beatriz, a procura de vocês acabou."

# 21 - O INÍCIO E O FIM

Eu sempre digo que a ideia de envelhecer é mais confortável para mim quando eu penso que meus amigos envelhecem junto comigo. Ninguém está livre do envelhecimento e da morte e não há lei da Natureza mais justa. Mas seria mentira dizer que não tememos o fim. Talvez a velhice seja tão temida porque ela nos dá sinais claros de que o tempo está passando e que o fim está mais próximo, mas, nesta história, o que realmente deveria ser temido é a ausência de um início.

Essa história da velhice ser a melhor idade é uma baboseira. Se você for tratado com dignidade, a melhor idade é a infância e pronto. Na verdade, a velhice é, de muitas formas, cruel. O marido da avó de Juca morreu há dois anos. O homem que compartilhou a vida inteira com ela foi-se embora por causa de um câncer. E ela ficou. Esta é a grande tragédia da velhice: ficar e só poder observar os outros irem. A irmã dela também já se foi, mas antes disso, os pais dela se foram também, os bisavós dos gêmeos. Quando os pais da avó dos gêmeos morreram, pelo menos ela tinha a irmã dela para dividir essa dor. Mesmo adultas, elas ainda implicavam uma com a outra. A irmã dela era muito desorganizada e a bagunça dela a irritava.

"Mas será possível? Você não consegue levar um prato para a pia?! Não consegue devolver nada ao lugar? Parece que por onde você passa, um furacão passou!"

A tia-avó dos gêmeos estava esparramada no sofá da casa da irmã.

Pegou uma almofada em formato de estrela com brilhantes e a brandiu no ar.

"Olha isso aqui, não tem uma almofada igual nesta casa! Aliás, toda a decoração não tem um padrão sequer! E eu que sou a desorganizada?"

"Só porque não tem um padrão não quer dizer que sou desorganizada! Minha bagunça faz sentido!", ela disse isso com a intenção de continuar brava, mas começou a abrir um sorriso.

Agora a avó dos gêmeos sente falta até dessas discussões bobas. Quando os pais delas morreram, elas perceberam que não existem só crianças órfãs. Todo adulto quando perde os pais também vira órfão. A essência da infância realmente só acaba quando nossos pais morrem. Mas a vida continua, os anos passam e outros medos vêm atormentar a velhice. Sabe aqueles seus melhores amigos de infância? Na velhice, você corre um risco maior de perdê-los. E se pergunta quem será o próximo ou, até mesmo, se será você. Os idosos colecionam adeuses. E não, não é aquele adeus que os jovens estão acostumados quando terminam um relacionamento. Esse adeus não é definitivo. Quantas voltas o mundo ainda pode dar! Mas o adeus na velhice é absoluto. Cada pessoa que morre é um pedaço, uma lembrança nossa que morre também. É um pedaço da nossa história, um pedaço do que a gente viveu e do que, inevitavelmente, será esquecido. É a partir daí que você percebe que sua vida não é realmente sua. Toda posse é uma ilusão. Então tudo toma outra perspectiva. Você aceita a velhice. Você sofre com os amores e amigos que se vão, mas você se resigna que também vai se juntar a eles em breve. A morte não fica mais fácil, mas passa a fazer você valorizar mais a vida e os momentos que viveu. De repente, num ponto da vida, tudo é saudosismo e fotos antigas.

A avó de Juca estava pensando em tudo isso enquanto segurava a mão de sua filha na cama. Ela já estava acostumada com a ideia de perder pessoas, afinal, era idosa. Só que ela não estava acostumada a ver pessoas mais jovens que ela morrendo. Há pessoas que nascem depois de você: filhos, netos, amigos mais novos... E achamos que, pelo menos, não sentiremos a dor de vê-los partir. A gente tem quase certeza de que podemos contar com essas pessoas que amamos até o fim da nossa vida. Mas enquanto a avó dos gêmeos observava sua filha na cama, ela se perguntava se, desta vez, teria forças para ficar enquanto via sua filha partir.

E agora só seriam adeuses mesmo. Ninguém mais nascia há meses. O irmão de Juca estava deitado no sofá da sala da casa da avó. Chorou até tirar um cochilo. Não queria chorar na frente da mãe. Durante o seu cochilo, sonhou com seu irmão Juca. Só que era um sonho frustrante, ele avistava o irmão, que também movia os lábios, mas nenhum dos dois conseguia se ouvir. Depois de um tempo que pareceu uma eternidade, ficou claro para o irmão de Juca que ele estava em frente a um espelho, tentando conversar consigo mesmo. Só que era um espelho estranho, que refletia os seus movimentos de forma atrasada. Como se fossem duas crianças, uma brincando de imitar a outra. E de repente, de fato eram duas crianças. Ele não se via mais com 18 anos, sua imagem refletia um irmão de Juca de uns 6 anos. Aos poucos, seu reflexo foi ficando transparente, cada vez com menos cor, até que finalmente sumiu. Apesar de não ver seu próprio reflexo, ainda tinha a consciência de que estava em frente ao espelho. Só que mesmo essa consciência parecia estar começando a se esvanecer. O irmão de Juca acordou sobressaltado, com um medo real de não existir mais, de acordar em um vácuo da inexistência, mas sua consciência estava lá, no sofá de sua avó. Acordou se lembrando do seu sonho, mas os detalhes iam lhe fugindo depressa, até só sobrar seu irmão em seu pensamento.

Como será não existir? Será que o Juca simplesmente não existe mais? Teoricamente, o irmão de Juca já havia passado pela experiência de não existir. Aliás, todos nós já passamos. Antes de nascer, nós não existimos, é claro. Porém, será que temos alguma lembrança ou sensação de como era essa inexistência quando éramos bebês? O comecinho da nossa vida é um breu quando tentamos nos lembrar de algo. Parece que a nossa consciência ainda está em formação, desacostumada com o fato de existir, pois ficou bilhões, trilhões, ou quatrilhões de anos no limbo do Universo da inexistência. Na verdade, o tempo já é outra história. Ele nem existe, é uma construção nossa. Inclusive, uma tribo amazônica, os Amondawa, não tem em sua língua as palavras "amanhã", "mês", "ano"... Mas esse papo já dá outro livro. Primeiro, preciso acabar de escrever este e terminar de contar esta história. Pois bem, talvez os bebês guardem os segredos da inexistência, só que a consciência deles ainda é muito rudimentar para que se lembrem desses segredos depois de crescidos. Outra alternativa é falar com os mortos, que talvez também tenham a experiência da inexistência, mas justamente por não existirem mais, ninguém consegue ter uma conversa clara com eles.

Então a vida é isto: o recheio de um sanduíche com fatias de inexistência. Não existir é muito mais comum do que existir. E quando existimos, é por um período muito limitado que, depois dele, seremos jogados para inexistência novamente. Subitamente, tendo consciência disso, o irmão de Juca levantou-se do sofá e quis aproximar-se do leito de morte de sua mãe.

"Você pode continuar descansando, querido. Posso fazer companhia para a sua mãe", disse a avó dos gêmeos.

"Já descansei demais. Quero ficar aqui."

Irmão de Juca fixou o olhar no rosto da mãe e já não a reconhecia mais naquela expressão perdida. Talvez parte dela já tivesse caído na inexistência, mesmo com ela ainda viva. Teve vontade de chacoalhar a mãe numa tentativa de fazer a consciência dela voltar. Quis gritar para que ela não morresse. Não era justo ela morrer só alguns meses depois do que aconteceu com o Juca. Não queria conviver apenas com o pai. Ele julgava conhecê-lo e em toda sua vida nunca imaginou que seu pai pudesse guardar um segredo tão terrível. Voltar para casa seria como morar com um completo desconhecido. Teria que reaprender a amar o pai, ou mudar-se para a casa da avó.

Apavorado com as perspectivas do seu futuro, apertou a mão de sua mãe. Ela esboçou uma reação, seu olhar parecia reconhecer o filho por um breve momento, mas logo depois seus olhos voltaram a encarar o nada, a expressão apática. Então, o irmão de Juca apenas pensou no que gostaria de falar para a mãe, quase como uma prece. Ele desejou que, depois de sua morte, ela voltasse para ele, em sonhos, para explicar como era não existir. Queria saber também se ela encontraria o Juca. Todos os mortos eram muito injustos ao esconderem dos vivos que amaram em vida os segredos da inexistência e da morte. O irmão de Juca sabia que havia uma grande possibilidade do fato dos mortos esconderem isso não ser uma escolha deles. Da mesma forma que ninguém escolhe nascer, saindo da inexistência pré-vida, provavelmente ninguém tem a possibilidade de escolha de voltar da inexistência da morte (ou pós-vida) para contar aos vivos como é não existir mais. Mas, mesmo assim, Juca rezou para que isso mudasse. Sua família estava se desfazendo e ele precisava, pelo menos, conhecer alguns segredos da inexistência para saber lidar um pouco melhor com sua existência e com a dor. Se as leis da Natureza podiam mudar do nada para que nenhum ser humano nascesse mais e que não houvesse mais menores de 18 anos, então talvez outras leis poderiam mudar também para que os segredos da inexistência não fossem tão inacessíveis assim.

Entretanto, nenhuma outra lei da Natureza mudaria. Os segredos da inexistência continuariam sendo segredos, independente de quantas rezas, promessas ou implorações fossem feitas. O irmão de Juca olhou para sua avó e percebeu os olhos dela marejados. Ver a avó chorando o fez ter vontade de chorar também, mas ele segurou um pouco o choro. Sabia que teria muito com o que chorar mais pra frente, mas agora queria conversar.

"Vó, eu queria saber por que a minha mãe não está no hospital."

A avó estava distraída, olhando para a filha. Não esperava a pergunta do neto. Começou a secar as próprias lágrimas quando parou no meio do gesto e disse:

"Mania idiota de esconder essas coisas!", e permitiu que as lágrimas continuassem livremente. "Sua mãe começou a piorar muito rapidamente. Nenhum médico entendeu o caso dela e o que poderia ser feito. Acho que da mesma forma que a ciência não entendeu o que aconteceu desde o grande desaparecimento. Então, ela voltou para casa. E por mim, até prefiro assim."

"E meu pai sabia que não teria jeito, não é?

"Sabia."

Os dois ficaram em silêncio. Irmão de Juca, ao comentar do pai, lembrou-se do pedido dele; "diga a sua mãe que eu a amo". Então por que diabos o seu pai não estava ali naquele momento? A raiva juntou-se à tristeza. Pegou seu celular para ligar para o seu pai, dizer tudo o que não havia dito, gritar com ele, xingá-lo de doente. A avó observou o neto fazer uma ligação sem entender nada.

"Para quem você está ligando agora?"

O irmão de Juca não respondia a avó enquanto escutava os toques que não estavam sendo respondidos. Achou que não seria atendido, mas finalmente ouviu a voz do seu pai.

"Filho, o que foi? Tá tudo bem?"

Ele não conseguiu responder nada ao ouvir a voz do pai. Desligou o celular e começou a chorar. A avó o abraçou, mas ele logo se desvencilhou do abraço sem ser rude. Aproximou-se da mãe e disse:

"O pai pediu para eu dizer que ele te ama. Eu também te amo, eu e a vó."

A mãe esboçou um sorriso e, olhando para a avó dos gêmeos, surpreendentemente disse algo depois de dias em silêncio:

"Mamãe!"

O esboço de sorriso continuou no seu rosto, mas algo foi embora. Os olhos ficaram vidrados, os músculos tornaram-se rígidos demais. Dizem que os olhos são as janelas da alma, mas se aqueles olhos fossem janelas naquele momento, seriam janelas que davam para o nada. O corpo, a carcaça ainda estava lá, mas a mãe dos gêmeos caiu na inexistência. Voltou para ela, porque era a mesma inexistência de quando ainda não havia nascido. Antes do baque de sua morte atingir sua mãe, a avó dos gêmeos apenas pensou em como a primeira e a última palavra que sua filha havia dito na vida tinham sido a mesma: "mamãe". O fechamento perfeito de um ciclo. E em seguida, passou a ter uma curiosidade obsessiva e infantil por dados irrelevantes da vida de sua filha, como se fosse muito urgente reunir e registrar minimamente tudo o que ela viveu. Quantas palavras sua filha havia falado na vida? Quantos quilos de comida ela comeu ao longo de seus 47 anos? Quantas vezes chorou? Quanto tempo de vida passou dando risada? Qual a quantidade exata de filmes a que assistiu e livros que leu? Será que transou muitas vezes ao longo da vida? E quantas vezes teve que ir ao banheiro? Quantos fins de semana viveu desde que nasceu? Ela podia muito bem fazer essa conta, alguns dados eram possíveis de descobrir. Mas ao ver seu neto chorando, saiu de suas divagações e começou a chorar também.

Morreu como todo mundo vai morrer um dia. Mas pelo menos

nasceu também, coisa que já não é para todos, principalmente nesta história. Ela tornou-se menos uma pessoa no mundo. Agora restavam apenas quatro bilhões, novecentas e vinte e um milhões, quinhentas e setenta e duas mil e trezentas e quarenta e duas pessoas no mundo.

# 22 - RESTA 1

"Há 20 anos, o grande desaparecimento intrigava o mundo todo. E ainda continua um mistério! Uma data histórica que mudou o rumo da humanidade para sempre. Apenas no dia do ocorrido, a população mundial já foi reduzida em cerca de 1/3 com o desaparecimento dos menores de 18 anos. Ao longo desses 20 anos, pouco mais de um bilhão de pessoas morreram, mas não houve sequer um registro de nascimento no mundo inteiro. Estamos entrando em extinção. A população mundial atual é de 3 bilhões e meio de pessoas. Atualmente, as pessoas mais novas do mundo têm 38 anos de idade. Esse grupo de pessoas passou a ser chamado de "a última geração de jovens". Para nossa reportagem especial de hoje, tentamos chamar algumas dessas pessoas de 38 anos para o nosso estúdio, mas todas se recusaram a participar. Alegaram vários motivos, dentre eles, preservar o anonimato. Conseguimos algumas declarações que vamos conferir agora."

A reportagem mostrava apenas imagens de pessoas completamente na sombra com suas vozes modificadas. Em alguns casos, eram só áudio mesmo, como se a produção do programa tivesse pego trechos das ligações que fizeram para convidarem as pessoas de 38 anos.

"Quando eu era mais jovem, muitos jornais e revistas me procuravam para que eu falasse sobre como era ser uma das pessoas mais jovens do mundo. No começo, eu até fiquei empolgada. Agora, pensando melhor, é algo realmente muito triste. Não quero mais ser reconhecida por isso."

"O que temos a falar a respeito? É ridículo tentarem nos transformar em celebridades por algo tão grave que aconteceu há 20 anos."

"Aparecer na televisão para relembrar o dia em que eu quase sumi e perdi um irmão mais novo? Não, obrigado."

"Como podem ver, não é algo que esse grupo de pessoas gosta de falar sobre", retomou o jornalista. "O impacto nas grandes cidades tem sido enorme. Inúmeros imóveis estão sem moradores, diversos estabelecimentos foram fechados. Não há humanos suficientes para administrar tudo o que construímos. Mesmo com tantos lugares vagos, ainda vemos moradores de rua. Mas uma iniciativa tenta mudar isso, com um projeto que visa identificar imóveis sem ocupantes ou sem herdeiros para que essas pessoas possam ser abrigadas."

Durante a reportagem exibida, pessoas também iam contra o movimento, alegando que não é certo dar de mão beijada um imóvel que a pessoa não fez nada para merecer. Durante os comerciais, a grande maioria dos produtos é voltada para o público idoso. Remédios, complementos para manter a disposição, ajudar a regeneração óssea e até manter o apetite sexual. Todos os programas e filmes deixaram de ter classificação indicativa. Quando o jornal voltou dos comerciais, o tema passou a ser o meio ambiente.

"Rios mais limpos: com a queda da interferência humana ao longo desses anos, vários rios entraram em um processo de autolimpeza. Algo positivo para nós! Por outro lado, com um menor controle de pesticidas devido a diversas regiões agrícolas sem supervisão, as populações de insetos vêm aumentando cada vez mais. O que já vem afetando as regiões que ainda utilizamos para o cultivo. O aumento do número de insetos também representa um aumento de doenças para nós, além de uma maior população de seus predadores, como pássaros, morcegos, aracnídeos, roedores... Trouxemos ao estúdio uma ambientalista para discutirmos com mais propriedade sobre o planeta que estamos deixando."

Uma mulher nos seus quase 70 anos entrou no estúdio, mas ela parecia bem mais nova. Como o fim era inevitável, parece que a ciência estava muito focada em deixar as pessoas com a aparência mais jovial possível.

"Boa noite, senhora. Seja muito bem-vinda ao nosso canal! Como especialista no assunto, gostaríamos de saber da senhora quais os seus posicionamentos, o que deve ser feito a partir de agora e como... Bem, por falta de palavras... Como podemos ter um *fim* mais digno?"

"Boa noite a todos. Queria, primeiramente, agradecer o convite e a oportunidade", a mulher falava de forma enérgica e objetiva, como alguém que não tinha tempo a perder. De repente, mudou o tom cordial para um tom de bronca de mãe que estava prestes a deixar os filhos de castigo. "Bem, a primeira coisa que tenho que dizer é que falhamos, mas acho até fofa a nossa tentativa de tentarmos melhorar algo nessa altura do campeonato. E se querem um conselho meu, o primeiro deles é: temos que começar a desativar os reatores nucleares. Quando todos nós não estivermos mais aqui e os sistemas de refrigeração falharem, a liberação de uma quantidade exorbitante de material radioativo poderá afetar os ecossistemas do planeta por sabe-se lá quantos anos."

"Importantíssimo você ter levantado este ponto, senhora!", o jornalista falou meio sem graça, como se não esperasse uma verdade tão dura. "Mas tomados os devidos cuidados, as plantas e os animais que ficarem, no geral, estarão em uma situação melhor, certo?"

"Nem todos. Alguns, sim, alguns animais vão deixar de estar em risco de extinção e isso já está acontecendo com a diminuição da população humana, mas temo que animais que domesticamos demais ficarão meio perdidos na Natureza e serão presas fáceis sem os nossos cuidados. Os vira-latas são os cães que vão se dar melhor sem a nossa presença, eles, provavelmente, vão conseguir se habituar à vida selvagem. Já os de raça, principalmente os de focinho pequeno, não terão a mesma sorte. Por isso, é melhor começar a castrar todos esses, a vida dos descendentes deles será muito difícil sem o cuidado humano."

"E os animais de zoológico? Precisamos libertá-los, certo?"

"Os animais de zoológico precisam urgentemente ser reintroduzidos à Natureza, o que nem sempre é possível. Um trabalho muito cuidadoso terá que ser feito e não sei se teremos tempo suficiente. E antes que você pergunte, nós podemos ficar despreocupados com os animais aquáticos. A vida no oceano, sem a pesca e o nosso contínuo hábito de jogar lixo no mar, vai prosperar como nunca! Agora, por outro lado, as vacas, por exemplo, serão presas fáceis no mundo selvagem. Por isso, precisamos diminuir drasticamente o consumo de carne e parar de criar gado para não haver tantas delas perdidas por aí depois da nossa extinção."

A expressão "nossa extinção" causou certo impacto ao jornalista. Claro que todo mundo já estava começando a pensar mais frequentemente nesse futuro sem seres humanos, que parecia ser inevitável. Sabendo que era uma pergunta estúpida, o jornalista a fez mesmo assim, talvez na esperança de ouvir alguma palavra de conforto:

"E o que a senhora acha? Que vamos mesmo entrar em extinção?"

"Eu não acho, eu tenho certeza", a ambientalista disse e sorriu de boca fechada, como se estivesse contendo uma risada de deboche.

"Muito obrigado pela sua presença e esclarecimentos", o jornalista disse quase abruptamente, como se quisesse se livrar da ambientalista o mais breve possível do estúdio.

"Obrigada", ela disse simplesmente, levantando-se e sumindo da frente das câmeras.

O jornal continuou tratando apenas de temas relacionados ao grande desaparecimento que completava 20 anos. A matéria seguinte discutia quanto tempo a nossa marca ficaria presente aqui na Terra. A História registrada em papel não duraria muito, talvez CDs, HDs e outras mídias digitais durassem um pouco mais. Prédios começariam a desabar em mil anos, rios que haviam sido tapados por construções humanas voltariam a impor o seu curso natural e todas as cidades virariam selvas novamente. As pirâmides, por serem feitas de pedra e ficarem em um ambiente seco, seriam uma das obras dos humanos que duraria por mais tempo. Nem os sinais de rádio lançados para o espaço durariam tanto assim. Em certo momento, virariam só chiado. A nossa história estaria fadada a cair no esquecimento.

Beatriz pegou o controle remoto e desligou a TV. Olhou para os seus pais no sofá, ambos tiravam um cochilo. Ela estava feliz. Com a ajuda da sua melhor amiga, a professora, já fazia quase 20 anos que eles conseguiram se estabelecer no novo país e viver com dignidade. Depois que a guerra passou no país natal deles, eles não tiveram vontade de morar lá novamente, mas fizeram algumas viagens de avião até lá ao longo desses anos. Era como se o país de origem deles tivesse virado um grande relicário, que eles gostavam de revisitar para relembrar os momentos preciosos que tiveram no que parecia ser outra vida. Mas não fazia mais sentido ficar lá, então se estabeleceram no país da professora.

Com um pouco de dó, Beatriz acordou os pais do sofá para que fossem para a cama. Eles se levantaram sonolentos, deram um beijo de boa noite na filha e foram colocar seus pijamas. Os dois já estavam beirando os 80 anos, mas pareciam ter menos. Beatriz também não acreditava que tinha 38 anos, se sentia tão jovem ainda! Ela não estava nem um pouco abalada com o jornal que havia visto, pelo contrário, estava feliz com o rumo que o mundo estava tomando e se sentia orgulhosa de fazer parte da última geração de jovens. A única coisa que realmente lamentava era o desaparecimento dos menores de 18 anos há 20 anos. Isso foi cruel, muitos pais perderam os filhos e essa é uma dor que se carrega durante a vida toda. Mas o modo como os humanos estavam caminhando para a extinção não era nada cruel. Era até misericordiosa, na verdade.

Beatriz foi dormir e sonhou com um mundo só para ela.

---

Eu estou velha. Muito velha. Posso até dizer que sou a pessoa mais velha do mundo e será verdade. Sou a mais jovem também, pois sou a única que restou. Beatriz: a última humana do planeta Terra. Quando penso assim, até me sinto importante, mas não é nada demais, na verdade. É histórico, mas daqui para frente a história da humanidade será apagada e não haverá mais nenhum livro de História para registrar isso, então, somos irrelevantes. E tudo bem.

Os cientistas, provavelmente, chamariam isso de fim do mundo, mas não é. É só o fim da humanidade, até porque os outros animais continuam se reproduzindo muito bem, melhor até do que quando o planeta estava cheio de seres humanos. Cheio não, infestado talvez seja uma palavra melhor. Vejo um montão de animais por aí, me sinto como aquelas princesas que convivem bem e até cantam com eles, sabe? Às vezes, sinto até que os animais me olham com pena, devem me achar muito solitária. Por exemplo, esses dias, um cachorro que se adaptou bem à vida selvagem me trouxe um peixe entre os seus dentes. Não faço ideia de como ele conseguiu pescar, mas agradeci oferecendo a minha casa como abrigo. Agora, somos melhores amigos.

Como eu sei que sou a última humana do mundo? Bem, alguns anos atrás, desenvolveram um projeto para que as pessoas da última geração de jovens recebessem um aparelhinho à luz solar. Eu ainda tenho o meu! Eles são à luz solar porque a humanidade teve que ir desativando todos os seus outros tipos de geradores de energia, já que não haveria ninguém para continuar a manutenção. Bem, com esses aparelhos, a gente consegue rastrear os outros espalhados pelo mundo e, todo dia, temos que selecionar uma opção para indicarmos que estamos vivos. Também há outras opções, como "solicitar ajuda médica", mas muitas vezes a ajuda médica não tinha como chegar, com tantas poucas pessoas no mundo. Mas eu acho que foi um gesto final bonito, com a ajuda da tecnologia. Há uns dois meses, o meu aparelho não indica nenhum outro sinal de vida no planeta. Então, devo ser a última mesmo.

O fim da humanidade foi misericordioso, eu diria. Houve muitas tensões nesse fim, mas não houve uma Terceira Guerra Mundial. Algumas coisas terríveis de seres humanos contra seres humanos aconteceram, mas eu não gostaria de falar sobre isso. No fim das contas, fomos sumindo aos poucos, sem o caos de um meteoro. Bem, se bem que eu não sei, né, vai que cai um agora com só eu de humana, mas espero que não! Fomos vivendo em pequenas tribos, manter grandes cidades foi ficando insustentável. Então, conseguimos viver uma vida mais tranquila, as brigas por causa de territórios, religiões e dinheiro foram ficando sem sentido com tão poucas pessoas no mundo. Vi meus pais morrer de velhice, pude desfrutar uma boa vida com eles e então, quando eu finalmente morrer, o planeta estará completamente em paz. Só pelo fato de não ter ninguém aqui do meu lado com quem eu possa discutir, declaro oficialmente a paz mundial! Eu me elegi a presidente do mundo e contando todos os votos, que foi só um, ganhei por unanimidade! Isso faz eu me lembrar do planeta do vaidoso, de "O Pequeno Príncipe", que queria ser aplaudido pelo principezinho por ser o homem mais belo, mais rico, mais inteligente e mais bem vestido de todo o planeta, apesar de ser o único habitante do planeta. Bem, eu posso dizer a mesma coisa. Que sou a mulher mais bela, rica, inteligente e bem vestida do planeta Terra! Talvez eu esteja sendo infantil agora, mas é só que sinto falta de ser criança. É, posso não ter exaltado os seres humanos até então, mas fico triste pelo fim das nossas criações artísticas. Essas criações talvez tenham sido a única coisa pela qual podemos nos orgulhar. Em poucos anos não haverá mais livros, músicas, filmes, esculturas, danças, peças de teatro, quadros... Ah, como sinto falta de pintar quadros! Talvez a única coisa digna de pena por desaparecer não somos nós em si, mas a nossa arte. As sete artes vão desaparecer e vão dar espaço apenas para a Natureza ditar o que de sete deve haver: as sete cores do arco-íris.

# SOBRE O AUTOR

Quase impossível para mim escrever este texto, por isso já reescrevi tantas vezes. Porque ele nunca parecia à altura deste autor. Eu amo as palavras e, mesmo assim, demorei a encontrá-las para concluir este pequeno texto. Espero que ele expresse um pouco, ou o que for possível, sobre o Renato Gouveia, meu amigo, meu artista, e do mundo também.

Falar do Renato me traz alegria só de pensar nele. Quando eu o conheci, foi amizade e amor à primeira vista. O Renato é um ser de luz, cheio de bom humor para levar a vida, até nos momentos difíceis em que está triste.

Nos conhecemos no teatro, no primeiro dia de aula e, desde então, escolho manter o Renato na minha vida. Somos a dupla Renata e Renato, somos artistas, escritores, atores e arteiros, amamos e somos intensos em tudo o que escolhemos fazer. Somos tão diferentes, e tão iguais. É assim que vejo.

O Renato escreve poesia de muitas maneiras, ele consegue tratar de temas profundos com leveza. A escrita dele me encanta porque eu sempre termino seus textos com um sorrisinho de canto, o coração cheio de sentimentos novos e a cabeça repleta de reflexões profundas.

Não importa o assunto, este autor incrível consegue trazer nuances únicas, cores, dores, a arte do Renato é completa, para mim, como ele. A arte do Renato é humana, profunda, leve, alegre, delicada, detalhista e verdadeira, como ele.

É difícil encontrar poucas palavras para falar sobre o autor quando ele é o Renato. Porque ele é muitos em um sem deixar de ser ele em cada detalhe.

Agradeço pela amizade e pela arte do Renato fazerem parte da minha vida, de perto ou de longe, sempre estamos conectados por algo maior, é isso que a arte faz com quem vive dela, por ela e com ela. É isso que o Renato faz comigo, como amiga c lcitora.

Aproveite este livro, esta obra, um pouco deste escritor que oferece ao mundo sua linda arte!

Renata Rosa

Foto: Rafael Bueno (@rafbueno1)

Siga o autor nas redes: @gouveia_renato

# AGRADECIMENTOS

Quando este livro ainda nem ia ser um romance (primeiro, foi escrito como um texto de teatro), visitei as Instituições Cáritas e Adus para obter algumas informações sobre a vida dos refugiados. Agradeço por estarem de portas abertas para mim.

Agradeço também às minhas amigas Marina e Renata pela capa do livro e pela revisão, respectivamente. O carinho de vocês por esse projeto foi muito importante para mim.

A capa do livro não seria a mesma sem o talento do Tom Lima, obrigado por emprestar o seu dom.

Minha tia Claudia, que é bibliotecária, foi muito atenciosa para me ajudar a passar pelas etapas que tive que passar para publicar um livro. Muito obrigado!

E agradeço a você, leitor ou leitora que me apoiou lendo o meu primeiro romance.

**Dados Internacionais de Catalogação na Publicação (CIP)**
**(Câmara Brasileira do Livro, SP, Brasil)**

Gouveia, Renato
    Resta 1 / Renato Gouveia. -- São Paulo :
Ed. do Autor, 2021.

    ISBN 978-65-00-27007-5

    1. Distopias na literatura 2. Ficção brasileira
I. Título.

21-73565                                        CDD-B869.3

**Índices para catálogo sistemático:**

1. Ficção : Literatura brasileira   B869.3

Maria Alice Ferreira - Bibliotecária - CRB-8/7964

RESTA 1